Transcontos

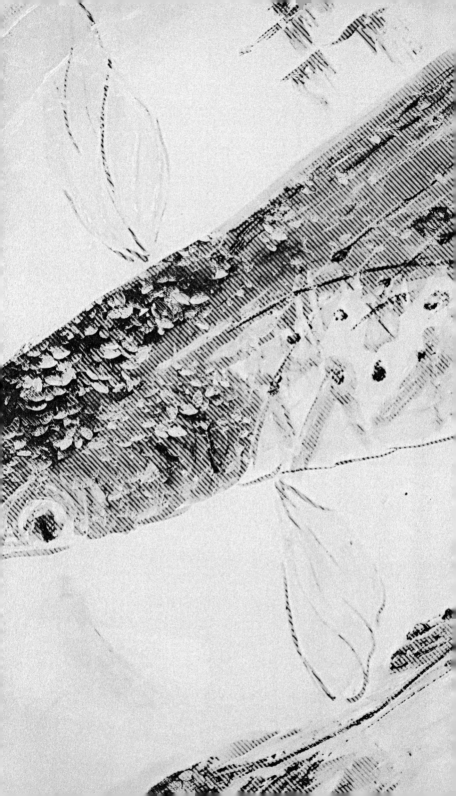

Transcontos

Vera Albers

ALBERS, Vera. **Transcontos**.
São Paulo: Reformatório, 2021.

Editores
Marcelo Nocelli
Rennan Martens

Projeto e Edição gráfica
C Design Digital
www.cdesign.digital

© Capa - Fotografia e Design
Claudia Carvalho sobre prato de cerâmica produzido por Tiarô

© Imagens Internas (na ordem de entrada)
Scott Webb, Miguel a Padriñán, Dazzle Jam, Felix Zhao, Dainis Graveris, Isaac Garcia, Roman Voronin, Matthew Henry, Apollo, Bence Biczo, Kajetan Sumilavia, Jose Grjalva, Tom Blackout, Kelly Sikkema, Aidan Roof, Dainis Graveris, Daria Shevtsova, Daria Rem / via Rawlpixel, Pexels e Unsplash e Claudia Carvalho

Dados Internacionais de Catalogação na Publicação (CIP)
Bibliotecária Juliana Farias Motta (CRB 7-5880)

A332t Albers, Vera

    Transcontos / Vera Albers. – São Paulo: Reformatório, 2021.

    160 p. : 14x21cm

    ISBN: 978-65-88091-18-0

    "Autor vinculado à Academia Paulista de Letras"

    1. Contos brasileiros. I. Título

                                                  CDD B869.3

Índice para catálogo sistemático:
1. Contos brasileiros

Todos os direitos desta edição reservados à: EDITORA REFORMATÓRIO
www.reformatorio.com.br

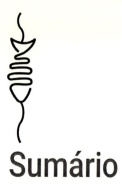

Sumário

Pedro Uciste..................................11
Documentário................................13
A terra arrasada.............................15
A tocadora de cotó..........................18
O esquema...................................21
O fato e o ato................................23
Passeio com Júlia...........................25
A cabrita......................................27
Pesadelo......................................30
A sombra.....................................32
Babalu..34
Urucubaca....................................37
Recado..38
"....."..39
Andar térreo..................................41
Vírgula..44
Explicação....................................47
Escaravelho..................................50
Lana...51

Jacarandá 52
A Mérica 53
Porto 56
Grilo 58
Teatro 60
Inesperado 62
Meandros 65
Verba 67
Buda 69
O lustre 71
Vietilana 73
Cós 78
Galinhas 80
Camisetas 82
Masto 85
Peixinho 86
Padre Sapsa 88
Chanel 90
Passado I 92

Passado II	95
Marina	96
Grupo K	98
A viagem	100
Rado	103
Flash	104
Íris	105
Efermérides	106
Tic toc	107
Revelação	110
Confissão	114
Vertente	117
Vertente II	119
23 de julho ou o dia da vertente virada	120
O elo perdido	123
Sem título	124
Natureza	126
O asilo	128
O concerto	131

Pornografia 134

Fafá 136

Sem ilusão 137

Achados 139

Frases 141

A cadelinha 144

Digo ou não digo? 146

O papel 147

Serpentinas 149

Raízes 152

Fantasmas 154

Elegia final 157

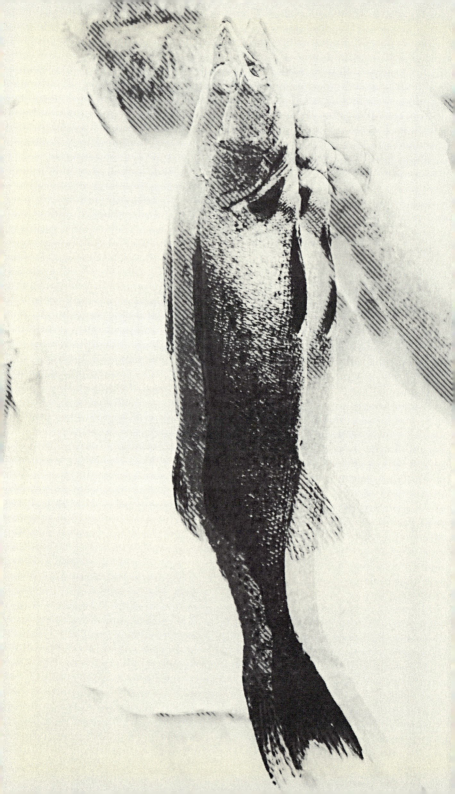

Pedro Uciste

Gramática histórica? Disse o Prof. Tonini com olhar desapontado. Mas isso eu ensinei em 1960! Justamente, professor, 1960. Lembro-me as anotações do curso que radiografei mentalmente numa única folha e procurava assimilar assim, do jeito que estavam escritas: primeiro à direita, vocalismo, logo embaixo: umlaut. À esquerda no canto: consoantes nt, ts, st. E aquele exemplo que o senhor colocou na pedra, Prof. Tonini: "No rio de pedra e peixe" – o senhor se lembra?

Lembro, claro. Se você soubesse como isso não tem importância nenhuma, mas nenhuma mesmo.

Não tem? Mas eu construí minha vida sobre este rio... e... e quando cheguei lá a festa já havia começado. A festa da pescaria, dos homens de domingo, pesados, brutos, o membro aparecendo volumoso por baixo da bermuda e eu sem conseguir dar um passo, esperava pedra e encontro...

Pau! Ah, ah, ah.

Porque o senhor ri, Professor. Não percebe o trauma com que fiquei quando, no meio deles, levantou-se

Uciste querendo me defender e eu com medo mais dele do que dos outros e já sentindo aquela pontada no útero e sem conseguir me mexer, sem poder dar um passo e o bafo dele com cheiro de capim, as mãos com cheiro de tilápia.

No rio de pedra e peixe.

E eu pensando na roseira, no hibisco, no gradil e no esconde-esconde.

E de repente não era mais criança, era moça e poluída, como aquelas águas, como aquele peixe.

E aí fugi, mas não tinha muito para onde, à noite tudo é pardo e parece que a gente tem algo escrito na testa que todo mundo vê, ou uma luzinha que pisca se-xo, se-xo, mesmo assim fui para a casa do japonês, do editor, que parecia tão delicado e ele parece que gostou de me ver lá, era uma festa também, as japonesas, vou te contar, jamais teria imaginado, e aí ele me disse: "Você por acaso não sabia que a japonesa sempre foi uma cultura erótica?"

As lentes dos óculos brilhavam de viés, como as escamas do peixe, e o seu 'r' rolava tão engraçado, como a pedrinha do rio e aí foi que entendi que esta seria a frase da minha vida, o senhor entende?

Documentário

É aqui o primeiro ano?
Que garagem pequena. Fizeram uma divisão para cada andar?
Coisa horrível, divisões... Antes gostava tanto.
Antes, antes. Agora meço-me com o metro do filho. Ele vai mal na escola? Eu sou uma burra. Ele briga com o Valério? Eu levo a bronca do professor. Mas a mesa fervilha de pais e alunos. Qual seu sobrenome? Não imagina como é comprido. Estou chocada porque estava na boate, onde haveria a comemoração da Marilene e o show da noite, você não imagina o que foi: El Salvador ou Iran. Um documentário que o Ivan resolveu apresentar. No começo pensei que fosse peste bubônica, a barriga dos porcos inchava e explodia, deixando um rombo vazio, como se o porco tivesse sido preparado. Os mulás de sabre na mão, os grandes prédios-beira-mar soltando os pedregulhos da base, um fim de mundo. Mas uma cena que presenciei a dois passos, de tão próxima da câmera, e por isso pode ter sido uma superposição de El Salvador. Uma parturiente branca, loira até, abrigando num xale o

recém-nascido e, do lado, uma empregada com outro filho. Lembro-me como se fosse eu. Chegou uma popular com o sabre entre os dentes, abraçou a loira com seu corpanzil gordo e enterrou a cimitarra. No coração da loira. Esta ainda se agitou depois de morta, ainda presa da revolucionária. Não sou mais a mesma. O horror vai se depositando em mim, como mercúrio em gotas. Até um momento em que viver já não terá sentido. Agora aqui ficam me separando os filhos. Primeiro ano aqui, jardim acolá. Quero-os todos juntos, bem ao meu lado, sem tirar nem pôr.

Por favor, a madre Paula. Estou com a Juana, minha irmã de verdade, na antecâmara de ser atendida por esta madre que é protetora (cheia de sê-lo) da Lana. Estou na antecâmara não sei por que cargas d'água, mas um fiel frequentador presenteia-me com uma fileira de bolsas. Todas na caixinha, ridículas. Uma delas é bonita. Provo-a a tiracolo, agradeço mecanicamente. Posso saber, pergunto, após os agradecimentos, a que devo o presente? Às suas três empregadas. Ele quer uma, entendi. Fui ficando por conta, minha raiva é sempre retardada, e acabei deixando um bilhetinho. Naturalmente não levei nenhuma caixa. Vai interpretar este ato assim na China. Comigo não pega. Eu sei que tudo é questão de interpretação, mas os fatos ficam. O fato está aí. Você quer mais um fato que uma bolsa? E não adianta a Juana ficar falando sim bátiushka, não mátuchka, eu vou m'embora mesmo. Já rompi com a religião quando era moça, agora é que não vou retornar.

A terra arrasada

A velha senhora postada na plataforma ao lado do motorista distribuía presentes. O ônibus, parado à beira de uns cactos, abrigava os peregrinos daquela distribuição. Já havia catado o meu presente, o penúltimo do fundo do cesto, para poupar à senhora a procura de algo para dar ao menino-homem que vinha atrás de mim e que não havia recebido nada. Encontrei as fotos da terra arrasada, com os pés dos camponeses despontando do chão, as mãos, as cabeças, usadas como postes de separação de cercas, de cercados. Os costumes dos homens são estranhos, pensei. Aqui neste Arizona é assim, e ninguém, ninguém se desespera.

O ônibus andou. Desci na vila. Ainda tive tempo de dar dois passos na calçada quando me caiu no rosto, pelo vento que passou pela janelinha do ônibus, toda a subsistência do homem que havia descido comigo. A cartela dos passes do mês inteiro, os vales de cafés do almoço, tudo o que teria para a família. Agora como ajudar a este infeliz que está ao meu lado, Sia, sacode sua paixão pelo Jean Pierre, acode a este

coitado. Vamos à casa do migrante, façamos todo o possível e o impossível.

Chegamos.

Todos os caminhos levam à terra onde moram juntas a religião e o culto de suas memórias, de seus próprios embaçados mortos, de suas caretas sonsas de menina de cabelos lisos. Eu procuro dar a vida a um vivo, Sia, e você dá vida aos mortos. Deixe-os onde estão nesta bruma vespertina de chicória e alecrim. Deixe-me ir também, não me atraia com seu chamado opaco e corrediço. Guarde o livro de seus retratos narcisistas. Não me diz nada.

A tocadora de cotó

Vem cá menina, vem cá menina, não olha, me dá teu dedo, assim, assim... viu! O dedo lambuzado, embrulhado numa folha de bofe ou de pulmão tocava as partes. Enquanto isso as mulheres nuas de perna arcada abrigavam-se na boca da caverna. Todas as japonesas de cabelo curto com a estranha expressão da menina vietnamita.

A tarde é serena, acabo de voltar do passeio das cabras acompanhando pela vereda pisada, à margem da oliveira, as marcas de estrume e as bolinhas de esterco. A grande calma levantina cai sobre a relva, acompanha-me no frescor do santuário, onde, afora os muros e a cúpula espessa, nada é santo. Comércio clandestino de tapetes. Estranhos usos os dos homens, penso enquanto entro em casa depondo sobre o tampo da escrivaninha o registro das compras do turco. Amor carnal, amor carnal, o que será que o homem sente com uma puta levantina, tão submissa como um macaquinho, como um filhote que pia, que emoção, que verdade ele descobre, que vida, a não ser a sensação e o gozo da degradação?

Não posso pensar muito. Daniela me informa: partida às sete. Mas como, não era para amanhã? Deixei as malas todas para arrumar hoje, resmungo, enquanto já me apresso a entrouxar umas roupas no saco, uns alfarrábios indiscriminados na bolsa, a carteira, o passaporte e pronto. Chegamos ao aeroporto às seis e meia. Mário nos recebe com ar de censura, tenho certeza, mas, ao contrário, informa que a partida foi adiada para as nove e meia. Alívio, penso, sinto e respiro. Só que a casa vai continuar do jeito que a deixei. Dará tempo apenas para o reconhecimento do que trouxe e do que deixei de trazer.

A meta é o Japão. Na casa da tocadora de cotó, onde caio e me acomodo numa desfaçatez ocidental. Procuro incomodar o menos possível. Apesar de verificar que as japonesas são prestativas e não gostam que os hospedes também o sejam. Amanhã vou-me, penso. Vou-me para a Sicília. Japão-Sicília, uma rota direta. Amanhã é meu dia. A viagem que sempre quis. Desculpe-me senhora gorda e tocadora de cotó. Desculpe-me senhora moça ao serviço do marido. Amanhã me vou.

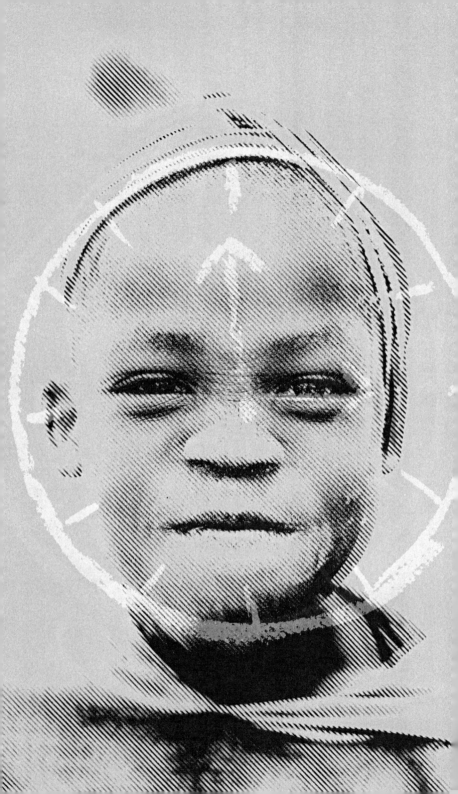

O esquema

Onde há fumaça há fogo, mas nunca teria esperado que começasse tão baixo. Às três horas da manhã, o telefonema. E agora, vai chegando este menino teleguiado. Espere nenê, o que você quer afinal? Quem é o mandante? Quem? O menino não fala. Na banca enfiam-me na mão um processo. A primeira página, que logo corro com os olhos, acusa-me de algo cartorial que não entendo muito bem. As outras páginas são fajutas. Estão aí para engrossar o volume. Tudo faz parte do mesmo esquema intimidatório, digo à Alma, que me acompanha. Sabe de uma coisa? Vamos levar o menino.

O menino sobe no carro e conta uma história complicada, de complô e tudo mais. Tão anônima que sou, penso, como pode haver um complô contra mim? Ai, que vontade de me mudar pro mato e safar-me das portarias da vida. Mas do menino não se arranca mais nada. O que fazer com ele, penso com a preocupação de sempre ao ver uma criança, para que mundo nasceu? É um menininho assustado, um bichinho encardido de susto e de sujeira, não sei qual mais.

Criança é assim, mítica. Se lhe embutem alguma coisa, ele é esta coisa até sempre. Vamos dar-lhe comida, Alma, e levá-lo à casa da No, que de lá não vai conseguir voltar tão logo. A minha grande benção é que não temo a morte. Ainda hei de arrumar um venenozinho bom para tomar em hora do perigo, como o dos anéis de antigamente. Nada como a solução heroica. Entro para apanhar a tradução que sempre levo comigo entre um e outro percalço, não sei por que a figura do Erwin me acompanha: nada faça, nada tema. Neste momento o menino agita-se, gesticula, aponta. O mandado é o troco que recebeu de dona Ita para fazer o serviço. É este, pergunto estupefata. Agora quero saber: além do dinheiro, existe algum juramento, alguma ameaça envolvida?

O fato e o ato

Com um roupão enrolado nas pudendas corro pelos corredores pouco antes meus, vazios. Agora, cada quarto superlotado deixa entrever pensionistas de momento, freguesas daqueles hotéis-clube e outros no estilo. Entro no que fora meu quarto. O maiô está lá. Há também o anel, a fé, mas já não sei mais se é meu ou das pensionistas. Não lembro se o pus no dedo. Só lembro que, passado o perigo, o fato, o fato é o que importa, eu me encontro na rua com um broche antigo que também serve de pendant e não sei como é que veio parar na minha mão, sinto uma compulsão terrível para devolvê-lo, um desvalor que se sente pelas coisas que não são da gente, a pressa em desfazer-se do empréstimo, mas não sei a quem devolvê-lo. Esqueci. Nem achado não foi, que aí seria meu por... legislação. Olho. É bonito mesmo. Mas não o sinto meu, apesar de que comigo há de ficar. A não ser que o dê de presente para alguém, e se o testar e não me der a sorte na qual já não acredito.

Espetáculo como se fosse o palco da Waldorf. Apresentam-se cortes de cenas familiares, corriqueiras.

Eu estou na plateia, mas me convidam a subir. Não sei se é aqui o caso de lembrar os homens-cachorrinhos brabos tipo PJ ou JF.

Minha cena é censurada.

Cena em que moro com Chacro, e ele tem os dentes grandes em arco, cada um de uma tonalidade de amarelo, a testa longa e proeminente e me espera com sofreguidão. O sexo deve ser tão desajeitado, bafos frios e humores verdes. Ou amarelos. A casa também é verde, por dentro das madeiras. Assim é que deve sentir-se uma órfã frente ao desconhecido.

P.S. O pinto deve ser longo e fino, sem recheio e sem pica.

Passeio com Júlia

Digo: – Larga esta bicicleta. No meio da rua é perigoso.

Danadinha. Larga a dela e pega outra, de alguém, e de repente passa um carro e esborracha o pneu. A dona da bike, acompanhada pela mãe, vem se queixar. Viu tudo.

– Não se queixe senhora, vamos consertar a bicicleta de sua filha. Eu mesma vou levá-la ao bicicleteiro, ao Minho.

Pego a Júlia pelo braço e vamos pela outra vertente. É um passeio, afinal das contas. Mereço uma distração. Atiramo-nos do alto, de onde ficam os barracos, sempre quis atravessar uma favela, caindo em cheio em bidês transformados em vaso para flores e repletos de tanta cacarecajem. Mas o mais surpreendente é a casa da do Minho. Chegamos lá e a sala está cheia de gente arrancando tijolos da parede. A mocinha da casa incita a turba. Peguem, peguem. Dá sorte. O Minho foi convidado à casa de uma cliente riquíssima, diz-me, como se a riqueza pegasse, como se bastasse passar-lhe a mão. Olho para os lados: é como uma mágica. Nada de bicicletas, mas tantas joias, bijutarias, colares, até meus brincos de coral laranja estão lá, em exposição. Não há de ser nada, apanho dois relógios, um até de criança, para a Júlia, que dá um sonido de Walt Disney quando se enrola a corda. Enfio no bolso. E daí que não há bicicletas? O utilitarismo do passeio está saciado. Agora saímos de mansinho. Tchau bicicletas, meus senhores, minhas senhoras...

A cabrita

Toca a campainha e não sei por que, a bendita cadela sai para fora, na reta de sempre. – Carmelita! Pega esta bicha. (Sei que não vai longe). O que não esperava, porém, é que a cabrita também desembestasse assim atrás da cadela ou por conta própria, sei lá que diabo que ela viu. Saiu a danada, com chifrezinhos que mal começam a despontar no alto da testa, a malheira cor de cão fila, não sei que cabra doida é essa nem o que lhe deu na telha. Foi direta pra estação e cruzou os trilhos na hora do rush mais movimentado e eu sem poder ir atrás, só falando pro manobrista me alcance esta cabra, por favor. O manobrista a pegou pela coleira e me entregou sem comentar nada e eu subindo a escada de ferro com a catita e ela dando coices, querendo me morder. O trem passou bem nesta hora e tão rente à escada que eu pensei, lá se vai o casco da cabra. Mas tudo correu bem. Apenas a lateral de aço da litorina encostou na beira da escada e entortou um pedaço de chapa, deu para ouvir o chiado e arreganhar os dentes. Subimos no ônibus. A esta altura já devia ser um

daqueles ônibus ingleses porque tinha dois andares e ninguém estranhou a cabra. A bilheteira que andava com aquela pistola a tiracolo, igualzinha às que se usam na Inglaterra, deu-me o bilhete enquanto eu mantinha esticada a cabrita no chão e me disse que lembrava da minha cara de algum lugar. Ao que eu respondi que devia ser do cinema e dei risada. Ela também deu e me lembrou aquela amiga do Chico Buarque que jantou na mesa deles no Mario's e que durante um hiato de minha vida foi tão calorosa comigo. Só que absolutamente não me lembro como, não lembro onde, e pra ela deve ter sido o mesmo porque não deu mostras de me reconhecer. Ao mesmo tempo, eu saberia dizer por quê. Mais ou menos como aquele estranho livro saudosista escrito por uma ex-estudante que lembrava de todos os lances de seus estudos com aquele carinho que o tempo vai polindo, com aquela doce melancolia que faz de rejeitos tesouros inestimáveis, fontes de recordações suaves e douradas. Só que por mim passaram rápido demais e eu estava obcecada por outra coisa quando passaram. Não deixaram seu visgo em minha retentiva, apenas uma leve pátina entre o sonho e o devaneio, a aspiração e a ilusão – agora resta-me acertar as contas com a coisa. Ela que se cuide, ela que se cuide.

VERA ALBERS

Pesadelo

Catarina, você vai morrer direto. Onde você colocou as chaves do quarto da menina, Catarina, velha louca? Estão com seu João? Pera lá que eu vou ver. Chego no vizinho que cozinha pizzas para o casamento do filho e serve aí mesmo no jardim, como se ele fosse o buffet. Senhor João, a Catarina deixou algum molho de chaves com o senhor? Já sabia que a resposta ia ser negativa. A Catarina é louca mesmo, como é que tive a temeridade de confiar-lhe o sono da Jovanka, Deus meu, o que eu fiz. Catarina, a menina está bem? Está bem sim senhora, só que ela está com hábito. Com hábito? Com hábito? Já me imagino uma mancha preta em volta da boca, Deus meu, o que eu fiz. Corro, sumo, arranco-me com toda a força de meu tendão, de meus nervos, de meu desolado terror. Já sei que quando chegar à rua Ibitirama o portão do porão estará fechado e o berço lá no fundo, e eu sem saber por entre as grades se Jovanka está bem, depois de dois dias sem comer por causa da loucura minha, mais do que da Catarina. Nessa hora arranco-me a vida ou passo a desertora, pois a normalidade de fato não existe depois que você mata alguém. Deus meu, tire-me do pesadelo ou dane-me de vez, carregue-me direto para o inferno, não quero mais pensar. Jamais delegar a quem quer que seja os bens vitais, os rebentos desta carne pulsante, a outra face. Arcá-los de dentro dos fundamentos do ser, hercúleos pilares de pôr sobre o corpo: Deus permita que não esteja morta.

    E agora que tudo não passou de um susto, vou ao teatro. Na plateia recebo duas propostas. Um é aspirante à minha xana há muito tempo. Suspira torce-se, que se pode fazer? O outro surpreende-me. É peixe graúdo, artista veterano de teatro, ele e o ventríloquo que carrega com a carinha reduzida dele. Sua proposta é direta, algo como: – Saiba que estou interessado em você.

    Sinto-me altamente lisonjeada, mas não o dou a perceber imediatamente, assim eram as regras antigamente. Entretanto agora são um erro supremo, pois o comportamento expectancial do homem tornou-se o que era antes o da mulher. Vexa-se com a minha pretensa indiferença e desaparece. Sobra-me o sofredor que se atreve, entre um intervalo e outro, a passar-me a palma entre os cabelos. Mudo-me. Minha protetora, a Bielka cara de fuinha aloirada, diz-me que o cônsul da Koreika quer conversar comigo. Consul, já sei o bicho covarde que este cônsul é, e embananado, ainda por cima, mas desloco-me do penteador. Aonde terá sumido o outro? Procuro nos bastidores, procuro ao ar livre. Só farejo duplas copulando. Ou triplas, que mundo, hein, o de hoje! Eu, com o fardo carregadinho de quimeras, retiro-me. Espero um novo ato, num novo mundo.

A sombra

O mais emocionante dos exames deste ano foi que eles se realizaram no parque dos Lanz. Andando pela vereda dizia a mim mesma: essa grama roxa lanceolada, vou catar uma muda para mim. Giaggiolo, giaggiolo, nos jardins europeus nunca falta. Lírios da lama cor-de-rosa, contribuição tropical. Laguinhos margeando a cor local. Na verdade, apressava-me, pois, a sala já devia estar lotada, como de fato estava. Sentei-me atrás da Sylvia. De nada adiantava copiar as coisas dela: no fim do exame chegou uma cola com os resultados e o lugar exato onde se esperava que fosse para colocar as manchas na garrafa. Ainda não descobri os segredos da sombra, mas juro que hei de descobri-los.

No dia seguinte, outro exame. Desta vez a chegada foi difícil. Tive que chegar de trem, mas antes os meninos quiseram que gravasse o nome no revés da pulseira de cada um deles e o trem já havia chegado e não tinha troco para o bilhete ferroviário e a moça enganou-me, de algum jeito. Quando entrei pela varanda pensei: Essa grama lanceolada, et cetera. Fui para uma outra sala, no andar de cima. (Pode o gesto preceder o pensamento?) Desta vez era um jarro e desta vez resolvi olhar a incidência da luz ambiente. Chegava até as ancas. Pintei, ou melhor, tracejei, na arte do tratteggio. Já tenho como postulado fundamental não misturar sexo com razão, mas eu vi mesmo as coxas do jarro e o pano cobrindo as pudendas e quando o professor me seguiu para avisar que havia esquecido a garrafa de álcool eu voltei pensando: trata-me como se fosse uma boa desenhista. Mal sabe ele que minha sombra é produto empírico da observação primária. A cola, quando voltei para a classe, havia chegando. "Toda sombra rodeando a barriga do jarro. Nada de chegar ao púbis." Taí. Errei de novo. Pensei. Desisto do desenho ou domino ele de vez.

Babalu

Bem, Salomé Parisi, você lembra? Aquela que canta: Babaluuu. Tem homens de família muito conceituada. Aqueles que se sentavam naquela mesa são os Ferrante, têm uma quadra inteira na Moóca. Agora já saíram, mas sentavam-se naquela mesa. O Orlando, ele fez a classe da madrugada, nem sócio ele era. Babalu, se você visse a noite das bruxa! Tinha uma caída no chão e, disseram logo, a Maria Helena, a Maria Helena. Só depois que foram ver as pernas dela, cada coxa deste tamanho. E também não adianta mais sonhar com o dinamarquês... a não ser o cachorro, claro. E também não adianta mais pensar em reavivar o que já passou. Não por nada, não creio que as covinhas que vejo apertando a pele sejam nada a não ser turgor, tônus. E depois, o calor desfez as veleidades como montículos de areia. O comportamento de quem não quis se ligar, por que haveria, agora? De mudar? Gostaria de, promete, mas se nunca cumpriu. To let, to die, to forget. Não que queira me deprimir, mas veio se intrometer num passado tão nobre, com sua atrevida e inconsistente grosseria e reavivar tudo o que foi falso no passado e que agora pesou em dobro. E agora estou como sempre procurei evitar: completamente isolada. A não ser que emagreça e então...

Urucubaca

Usuraco tico taco
 Ai bai buff
Houve uma época em que repetia isso a toda hora, sem pensar em nada, mas: civilizacción ocidental cristã. Chega o filho Paulo e deixa a neta, chega a mãe: minhas filhas! Estarán separados? Tanto espírito de sacrifício é preciso, atura-se el padre, hasta que no sea adultero. Apesar de que por vezes, a la una de la noche despierto y miro-te en los ojos, tus ojos castaños y ambos decimos dos palabras que son la vida verdadera, la vida que vale. Mesmo se todos sabem no escritório, mesmo que al jefe no le guste, mesmo que em casa a mãe me espere às oito para pôr a mesa, mesmo que as irmãs me olhem desconhecendo-me, mesmo que não possa ficar com você por mais de una noche. Penita que la vida me tenga maltratado asi, en el punctum del dolor. Agora tenho uma múmia, mas tive um marido encantador que não dizia arranja-te um amante, mas que procurava ser ele mesmo ser este amante.

Recado

As coisas me cansam logo. Paro no meio e vou dormir. Transa legal, só como representação. Começamos a transar às três, mas não foi legal. Outra noite parei no meio e disse: não quero trepar, só olhar para você. Ele ficou puto. Nada sobra, nada do que eu faço. Não escrevo, não leio, bem, um pouco tenho lido, não consigo expressar minhas ideias que, por sinal, acho excelentes. Tenho pensando em suicídio. As mulheres falam comigo que é uma beleza. Tudo, contam de suas transas, elas sabem agir pelo sentimento. Os homens não contam nada, dizem. Uma afetividade completamente infantil. Não sabem viver, não sabem se expressar. Crianças desmamadas... Uns babacas. Mulher faz deles o que quer. Eu? Uma vez cheguei a jogar o relógio dele no chão e pisar em cima. Sabe o que ele fez? Continuou lendo o jornal. O jornal é uma agressividade muito maior. Mas depois que você tem os filhos, você nunca mais esta só. Eles têm tanto de que falar conosco e há tanto de nós dentro deles.

"   "
• • • • •

    Só sei que cheguei em casa e encontrei o recado: Pascal. Não sei por que não liguei logo o nome com a pessoa, mas é claro, só podia ser você. A casa era grande e tão cheia de quartos: camas, mesas, estantes. Lembro-me da saleta à direita, a última da casa. Minha atenção fora atraída por um ruído, pensei que fosse rato, mas era um gatão branco que tinha o condão de subir pelas paredes. Subia no alto do forro e daí passava diretamente à palmeira que refrescava o telhado. Todas, mas todas as camas estavam atulhadas de livros. E você me acompanhando pelos meandros da casa, enrubescia, mas acatava sua mulher de cuca muito mais fria, mas muito mais desligada. Quero dizer que tudo foi legal até que eu mesma toquei nesta tecla – que Deus nos livre.

Andar térreo

Combinamos de pegar um cinema à noite com a turma, depois do "buraco negro". Era no Center Park, edifício novo que cruzava o centro da cidade de alto a baixo. "O leviatã da República", como o apelidara a Gazeta Industrial. Encontramo-nos no quinto andar que era o térreo do antigo, uma comunicação complicada com outros prédios, fácil para quem conhecesse, mas para mim era a primeira vez.

De repente chega o elevador e o pessoal se embarca sem se tocar comigo. Sempre tive azar com elevadores. Na casa do Rado apertou-me entre as duas partes que só não rendi a alma porque o Rado me arrancou de lá com a mulher olhando que só ela. Criei um medo destes brutos que não esperam ninguém e se mandam com meio braço ou meia perna de fora. E agora eu vejo o bruto se mandando com todos apinhados e eu sozinha no hall feito uma bocó, sem saber onde fica o buraco negro, isso é nome do quê?

A moça da recepção não soube me dizer. Chegou o bruto e eu subi sem saber que tecla apertar. Saio onde ele para. P5. Não é que vim dar diretamente na igreja do Loyola e vejo o rabo da turma se enfiando no buraco da sacristia? Então é lá, então eles estão lá e não querem mesmo me esperar, então ele também está enturmado com eles, então eu não conto nada... Acho o padre, no meio desta modorra toda, a igreja hoje em dia, vou te contar, até com o diabo nos acode. Sorrio. O padre não entende bem qual é a minha. Falo por falar, das traduções que fiz para um colega dele, o que é deplorável, mas não consigo recordar o nome, Troia, talvez? Contemporizo. De repente, entre os fiéis vislumbro a Marilene. Desloco-me para lá. Marilene ouve-me, sorri. Sentamo-nos. Levantamo-nos. Os olhos correm e dão com os da Silene. Outra conversa longa do óbvio que nós três conhecemos, questões de burocracia, mas enquanto isso os fiéis vão saindo da Igreja. Despedimo-nos da Silene. Por mim passa Moriva, o psicô de dez, digo, vinte anos atrás. Não é que fosse bonita então, Moriva, mas então eu acreditava. Vê o quê esta turma fez comigo? Eu que dispensei você e tantos, estou agora correndo atrás de quem assiste ao buraco negro. A função terminou. A cena muda.

É um supermercado, agora, um saquinho de amendoim, um pincel, uma sacola, eu, nada. Eu, nada. Ele passa, eu me atrapalho toda, não sei o que ainda espero, o hábito é uma calamidade, só morrendo com espelhinho na mão. Não percebo e estou andando ao lado dele e o saco do supermercado esgarçou-se e caíram as coisas da Marilene e sobraram as que eu peguei, agora a Marilene vai pensar que não sou o que pensava, mas sabe, estou tão mal que nem ligo para a Marilene, nem ligo para ninguém e pudesse adormecer e acordar e ser tudo diferente do que é, como eu achava que era antes, o que faço agora de minha vida?

Vírgula

Berenice, eu bem que lhe disse, como você consegue morar no seu apartamento sem marido e quatro filhos e o carpete verde que tem que colocar, cor verde garrafa, você disse, mas ó Berenice, e o colégio, e a feira, e a revista, e o almoço, e a ACM, e os filhos? Berenice você é moça, ainda sorri, não sente a dor nas costas nem na ponta do pé. Berenice, eu vou, você me desculpe, não quero contaminá-la de experiência adiantada, inútil experiência de sotaque carioca "poderemos falar de sua carta, se quiser". Delicadeza e carinho, leio na vírgula. Já no ponto, creio que será melhor... Você acha todos ótimos, maravilhosos, já eu, péssimos, estúpidos. Ora, saber escrever é um fato objetivo: qualquer um pode ver. Ou melhor, está aí para quem quiser, que leia. Não é questão de interpretação, convenha comigo, é questão do que está escrito mesmo. Você me pede agora o perfil psicológico dele? Bem, vejamos.

Barbudo, porque mais natural, mais de acordo com a pródiga natureza, quero dizer. E também, en passant, porque esconde a cicatriz das nefandas espinhas, lembranças das derrotas mórbido-juvenis, e não há (houve, agora não mais) perigo de ver-se enrubescer. Não, que é isso, para fazer gênero? não (minha mulher é que faz o gênero, gênero passional), aliás é ela quem escolhe todas as minhas roupas. Não pelo amor de deus (pascaliano), não é pose, não. Eu sou tão desligado que comprei um par de calças sem bolso. Você pode imaginar um par de calças sem bolso?

Olhar verde-mar, espaçando o horizonte: o mar, o mar (mesmo visto deste hotel de gringos, com caipirinha e tudo), o mar dos pássaros exóticos, dos falcões da rocha preta, das criaturas marinas que se agitam em suas ondas eternas, o mar e suas ilhas das paixões perdidas, desculpe, não consigo resistir. O mar desta espécie de falcão quase em extinção. Álcool? Por ele sinto-me arrastado, deixo que me arraste, como as moças, não sou mais eu, sou um deus dos bosques e das rupes, um sátiro atiçado, temos bebido noites a fio, ele também pensa, como eu, eu também penso como ele. Sentimentos? Por quê, eu não tenho sentimentos? Por acaso eu não gosto de minha mulher, por acaso eu não gosto de meus filhos, hein? Hein? É a epiderme. Incrível, no começo me irritava, depois fiquei de quatro, como um sapo. Eu sei que estou do lado de cá, mas se o lado de lá fizer assim com o dedo, quem é que não vai?

Quem? Eu! Eu tive o cuidado de usar a terceira pessoa, não disse que sou eu, veja bem. Sou contra os heróis. Fico preso no fundo do rio de sangue que me arrepia a sensibilidade. Sou contra o Kremlin e a General Motors. Sou contra qualquer ruptura ou separação. Nunca direi jamais. Não tenho caráter, mas tenho amor próprio à flor da pele e o nariz levemente aquilino de quem não gosta de ser interrompido. Faço muito sucesso com as meninas, mas quem disse que o sexo é obrigatório?

Explicação

Minha mulher queria casar, mas eu disse: "está bem assim".

Permite-me o semi-vínculo transar de vez em quando, divinamente. Uma noite é suficiente. Aliás, meia noite, a não ser quando estou viajando. Ela é muito exigente, quer-me todo para si. Isto me lisonjeia, me aviva. Sou importante para ela e está bem assim. Lê tudo o que escrevo. Antes eu tentava esconder. Agora, ponho meu diário sobre a mesa e digo: quem quiser que leia. Fiz uma média com o livro? Qual livro? Qual média? Ah, o meu livro? Que conto? Ah, nenhum conto? Onde? No fim, no começo? Ah, no fim não, no começo. Mas esta é uma história velha. Remonta a meu primeiro escrito, não tem importância alguma. Dedicatoriazinha para a paz doméstica. Quem? Quem disse que são formigas? Eu e ela e uma cabana? O quê? A entrega subliminar? Sou todo entrega, por isso nunca hei de me entregar a ninguém. É só alguém usar de autoridade comigo para eu fazer o contrário. Ou melhor: o contrário é que me faz. É algo dialético, algo inefável, é o círculo

de giz, é o peru, é o anjo exterminador.

Que fatalidade a natureza que autoengendra sua destruição. Você destrói. Para mim não. Tudo o que acontece comigo é sagrado, é único, é sempiterno. É Daphne, é Circe, é Hermes Trismegisto. É a liberdade de não ter o que comer, mas poder se rolar estertorando na sarjeta. Ele está morrendo, mas você vê, ele está vivo, vivo, entende. E é esta a possibilidade que ainda se tem aqui. Você passada e morta, mas viva e eterna. É paradoxal, mas é assim. Foi, já não é mais, mas continua sendo. E continuará sendo adiada e dispersa e reencontrada nas brumas do mar que batem cada dia sobre as rochas, como esta gaivota rara de raça quase extinta e assim cada dia o sol surge e é momento mais glorioso do dia e eu sinto um verdadeiro êxtase em mergulhar a mão na água fria e o contato é uma carícia e não o trocaria por nenhuma parafernália da sociedade de consumo capitalista ou marxista que seja. Ah, Marx! Ele que era o maior de todos os alienados, e todos os que o leem são mais alienados do que ele. Que o leem e não o entendem, naturalmente. Nodal. O que importa é o centro das coisas, a medula, o cerne. Você quer ver? O seu Dório. Uma pessoa simples. Eu sou uma pessoa simples, eu gosto das pessoas simples. Por isso que eu gosto de minha mulher, e é por isso que ela não existe. Você entende agora?

Escaravelho

Cantáride ou cariátide? Ambas têm a ver com morte, escaravelho de múmia, cor de flor de lis em technicolor. Mas eu tinha pego com a mão e colocado na cumbuca das oliveiras pretas e o Lates ou Leite, o sábio alourado de cabelos crespos e estomago estufado tinha enfiado na boca e achado um pouco ardido e eu, entre a chuva que respingava no barraco, pensando naquilo que iria acontecer dali a instantes pensei: assim deve ser o inferno.

Lana

Ontem era bom, quando você jogou todos os cascos de cândida em volta do poço e eu pensei, vendo amarelo: que pena que não é uma flor! Mas antes de ontem foi melhor ainda. Alguém me acuando no meu reduto mínimo e a Lana fazendo sua mudança num segredo aparente. Primeiro uma escola, depois outra. Numa está a roupa, na outra os petrechos do quarto. Consegui-lhe um fusca de um amigo para a mudança. É por isto que não posso reclamar quando atropela uma das caixas. Justamente a do relógio. Lana mostra-me o estojo de veludo azul cortado ao meio e assim mesmo o relógio faz tique taque. Lana está saindo às pressas depois de um ano de serviço. Não aguenta mais ver o Pistel na sua frente, vermelho e inerte. Despede-se da Ólia. Mas olhe lá. Ninguém pode saber para onde eu vou. Passe-me a Júlia para cá. Júlia!? De bunda à mostra, coisa feia, menina sem calcinha! Vamos boneca, põe a roupinha.

Jacarandá

Na grande rodovia anular que liga a Sé com o Parque, dando a volta em 8 pela Clóvis, íamos a 150. O carro derrapava, inconsciente. A cada momento, a morte podia ocorrer, pensava, com um arrebatamento suicida. Chegamos à casa da Berenice sem acidentes. No quarto do quadro separei-me do acompanhante para reunir-me às mulheres. Apesar da hora ser propícia e as ramagens do jacarandá insinuarem seu perfume adocicado nas células de nossa percepção, não me soou sobrenatural o que disseram. Berenice está com uma malha roxa, cor de jacarandá. Os peitos agudos de Eufrasina estão ali para lembrar as coisas que ela contava no ginásio sobre relações carnais, tudo, então, como outrora. A expectativa mórbida de algo que virá sozinho, melhor, dizem, se não se pensar nele.

.

A Mérica

– Vamos, disse ao acompanhante.

Novamente, a estrada. Não pude deixar de reparar no terno de tweed inglês dos mais sofisticados. Lorde impecável, talhe esbelto. Só não entendo por que maligno desígnio as calças têm o comprimento da bermuda e terminam por dois cós no meio da canela, o que, a meu ver, apesar de certamente ter estado na moda alguma vez, transformava em patético o que podia ser ridículo. Mas o que acho eu, não importa, nem o que podem achar os outros.

No bar, achamos rapidamente nosso lugar. O acompanhante jogava bem sinuca e me encobriu cavalheirescamente os erros. Logo, os pontos se esgotaram, o ônibus estava na hora prevista. A demora da jornada superou qualquer expectativa. Viagem morosa e fumacenta, quase insuportável. No posto onde paramos desci para passar um telegrama: Aceito. Assim, por contiguidade, decidi que o destino do acompanhante seria a Mérica. Já que era para resolver, que se resolvesse rápido. Naquele instante um tiro acertou bem a dois centímetros de minha sola.

Agachei-me, corri. Outros tiros estalaram pela agência do interior. É a Mérica, pensei.

Voltei ao autobus e ele partiu. Após o terceiro sacolejo, o senhor de terno de tweed cinza atrás de mim reclamou com palavras altamente aristocráticas o que todos haviam intuído, mas não ousavam dizer. O motorista era o responsável pelos tiros. Aonde e como ele nos levaria, ninguém imaginava. Talvez, frente à gritaria e ao tiroteio parasse e nos largasse na estrada.
– De qualquer maneira, disse ao acompanhante, já não iremos para a Mérica.

Porto

Corre, corre, por favor.

Ponho a mão na buzina com a esperança que todos entendam. A nora, deitada, se lamenta e o velho Suzuki incita-me a cada parada.

Chegamos ao hospital. Providencialmente a soleira está vazia e posso estacionar. Uma maca e o corpo é transportado na antessala.

– Mas aqui? – Ouço a enfermeira perguntar à outra.
– O pai não está?
– Está o sogro.
– É um menino.

O velho Suzuki sai comigo. – Tenho que passar na casa de minhas primas, o senhor vai ter que ter um pouco de paciência.

Minhas primas estão em pé de guerra. Não querem sujeitar-se aos maridos. Fizeram sua malinha e querem ir para a cidade.

– É nisso que vocês deviam pensar antes de parir, suas vacas. Puseram filhos no mundo, agora que os carreguem. Filho não se deixa com homem. A não ser que seja ele a mulher. O velho Suzuki sorri, os olhos quase fechados. Gimu, gimu.

No caminho de volta conto-lhes a história dos Katin. Todas filhas mulher, só um homem. Família que não conhece o giri, só pode acabar assim. Agora nem converso mais com Júlia, minha grande amiga de menina. Ela também se embruteceu, depois que perdeu a virgindade e a mãe levou-a para que a Riquim sentisse com a mão.

As primas se convencem. Há vários modos de conviver, sem que haja o desprezo. Se ele sobrevém, aí sim que a honra tem que ser lavada. Voltam para casa. Subo com elas. Os maridos são da classe dos semifazendeiros, chapéu de feltro besunto na cabeça, mãos cheias de tendões, palavra curta. Provavelmente o sexo deles também é curto. Essa, a queixa das primas. As crianças nos envolvem, gritos, prantos e filhotes de cachorro. Um pátio esquecido, o barranco, o cortiço.

Nós que moramos na cidade, não é, seu Suzuki, não voltaríamos ali, mas eles que não conhecem, o que vão fazer na cidade?

Suzuki ri. Justo, mesmo, né?

O ar na cidade é poluído, e a pessoa tem que ser muito esperta, né? Só se for sozinha. Sem ninguém que se responsabilize. Senão acaba se perdendo. Já pensou? Sabe, seu Suzuki, antes eu estranhava como todas as pessoas que queriam meu bem me seguravam, me retinham, não me incitavam a ir, a tentar, a crescer... e agora eu faço o mesmo com as pessoas que mais amo... medo que sofram... medo que não aguentem as desilusões, medo que se esfacelem como Márcia-ku, como Amiko-sã.

Grilo

Vamos dizer que eu tive a sorte de alguém prepará-lo para mim. Ou então (ou também) a juventude é arrebatamento e os jovens são prementes e atirados.

Agora que já deixei de ser jovem, você me surpreende com os seus arroubos. Será que é marca de velhice este querer, sabendo que não pode, este fingir uma ocupação que acidentalmente encobre o brilho do desejo, mas na verdade camufla sua pequena força? Quais são os laços que o regem, que o tornam tão ridículo, ó marionete? A casa, a mulher, os filhos, o ofício, os vizinhos, a sua tão rica consciência. E por que eu deveria ser sua parceira nesse esmigalhamento? Guarde seus beijos. Lembra-me um pouco o gato do Didi: queridas estrias cinzas, ternas, surradinhas. Teu olhar é curioso, tuas mãos tocam de leve, tua fala é macia. Por virtude ou por força – resistir. Tivesse usado a primeira, não teria agora essa amargura que me comeu tanta ilusão, tanta potência, tanta, digamos assim, felicidade. Mesmo assim te agradeço o interesse, o acreditar que "está bem assim", que tenho um grilo com o sexo, que se não o tivesse tudo estaria resolvido de forma, para todos, tão satisfatória. Gri... gri... não é que tenha aprendido a lição: comi-a, vomitei-a, escarrei-a tornei a pô-la na boca e a degluti-la. Agora ela vive no meu lado, entre o baço e a vesícula, como bílis e sangue e não admite muita conversa nem muito lero-lero. Olhe-se no espelho meu diga-me se com este olhar de descrença você acha que pode seduzir alguém? E o que é pior, ninguém por essas bandas tem o condão de fazê-lo com você. Assim, seca e segura, atravesso meus dias. A caridade morreu: resta a (in)justiça.

Teatro

"Vamos à formatura"
Protagonistas:
Professor Borges
Aspásia: formanda

Cena 1
Na esquina da rua Fortunato, Aspásia está parada esperando Borges, o professor. É o entardecer. Vê-se pelas janelas do alojamento que o burburinho é intenso entre as formandas que trocam de roupa: plumas, luz diáfana, tule.

A. Bom dia, professor (o professor saiu para a rua e sobe como ela até a sacada do alojamento).

A.: O senhor sabe aquela frase, professor, que sacada! Todo mundo diz que o segredo está na palavra, mas o senhor o disse de um modo d e f i n i t i v o.

B.: É, é (está enlevado, mas não o quer dar a perceber).

A.: – O senhor espera um segundo, professor, visto-me a vamos para a festa.

(Entra no alojamento.)

Abre as portas do armário à esquerda e corre com os dedos o amontoado de roupas penduradas. Vira-se do outro lado e abre as portas do armário à direita. Escolhe um vestido de tule amarelinho estampado. A saia marrom.

Não é que fique feio, mas não fica deslumbrante.

Troca-se. O azul turquesa é sua cor, mas a saia é esgarçada e a cintura esfiapada... Como escolher, o comum passável ou o deslumbrante gasto?

Não se resolve assim, este impasse.

Pede ao professor que vá. Não irá à formatura enquanto não resolver a incomunicabilidade dos termos da equação.

Inesperado

~~∽∽~~

Ainda não está devidamente iniciada. É evidente.

Dirige-se para os lados da praia do subúrbio, onde mora Pejota. (Pezota, em argentino, é "pañuelo para retener el sangre". Muito bem aplicado!)

Massagem, é o que precisa para afinar a cintura.

O massagista tem hora marcada e trancinhas no rosto de cigano tratante. Recebe-a no quarto de colchões de bicama, em caso de suruba. Faz-lhe um gesto com o braço, como a desculpar-se pela poeira que se depositou no plástico; ao mesmo tempo, olha à distância no gramado & eucaliptos, onde a negrinha rola com o cachorro besta.

– Vem cá, negrinha, que te acerto um bulacha!

Depois disso, você acha que ainda posso fazer massagem? Ó massagista cigano, tu és da espécie do Pejota, que mistura leigo com profano! A iniciação da massagem está completa. A cintura afinou, ela também. Falta agora a do trato com as pessoas.

Foi assim: voltou à zona onde da primeira vez descobriu que Pejota tinha outra mulher com filho na barriga e cadela prenhe e se pôs na fila para o atendimento. Ficou com medo quando conseguiu espiar o que faziam com a mulher que a precedera. – Quem mandou espiar? Não tivesse olhado, a coisa teria sido tranquila. O inesperado é sempre tranquilo. Mas assim, já estava amarela de suor quando o ajudante veio pegá-la. "Os fios não... eu desmaio logo! Nos seios não ... Eles são muito sensíveis. E os ouvidos, por favor, os ouvidos doem!" Puseram fio em todo lugar, desnudaram, só não ligaram a corrente. O tratamento consistia ou bastava-se com o envergonhamento. Aí saiu. Eu estava preparada. Só que não houve formatura, pois nesse meio tempo o padre Sapsa tinha morrido e pedido que espalhassem suas cinzas pelos dois lados do recinto. E também, o que adiantava se formar?

Meandros

Ao menos poderia enumerar as páginas.

Terá sido por que escrevi Musati que sonhei com o colégio, o correio, os cachorros treinados que comiam linguiça, mas não ousavam atravessar o círculo de imposição? (Nem sei como vivi anos a fio sob a espada de um trabalho a ser concluído. Agora, uma carta que fique pendente, mata-me). Não sei como carreguei anos a fio a gosma de tua indecisão. Agora, que a depus, sinto o mundo desamarrado, mas são.

Não sei como conseguirei levar adiante esta re-empresa, que não me dá mais ilusão. Em nome de que farei agora tudo o que fiz?

Lindas sombras do entardecer. Filhas de um brilho ácido de metal. Do poder à renovação do imaginário.

Sabe o que me acontece? Sonho cenas de circo. Estou eu ainda no elevador da Maria Antonia que se abre em meandros subterrâneos, da luz à sombra. Do alto do edifício chegam as copas das tílias, eu desço com uma bolsinha ridícula, pretendo ir à praia. No caminho paro para comprar peixe. O homem dá-me camarões e um pedação de cação fresquinho.

Embrulha no papel de peixe, mas pela rua cai-me o peixe e o sangue.

Penetro naquele local, onde à direita há um cinema e a porta que separa, na esquerda, é um barril, uma barrica com as separações internas. É um trepeiro: 2 homens e uma mulher. Se todos procuram, penso, é que hão de gostar. As dores se iniciam. O mesmo que o homem deve sentir na hora que quer enfiar, mas não tem onde. Um tormento que assemelha ao êxtase, como o da marionete de Bergman.

Verba

Mas agora, realmente, fiquei mais dura.

Cadê o envelope?

Existem quatro comportamentos básicos no homem: consumação, gratificação, punição (fuga e luta) e inibição (quando o siri chia)

Existem quatro cérebros no homem: sobrevivência; alimentação e cópula; memória; associação criativa.

Esqueci algum? Adaptabilidade? Defesa? Vão por conta da sobrevivência.

Um é católico, outro é comunista, outro é pseudointelectual, o último é pseudoelitista.

Mas abro o envelope e leio: Leila e Itálico, curiosamente, ciosos de sua coerência interna, votaram a favor dos denunciantes para não perder o que há de mais valioso no mundo nosso de cada dia: a verba.

Na cozinha da Ibitirama, de repente, me dá vontade de lavar as panelas que quase nunca usamos. Já esperava encontrar água podre lá dentro delas, para que fui mexer?

A maioria das vezes que se diz besteira é quando

não se tem o que dizer. Logo... Antes o impasse...

Ao mesmo tempo o jantar é tão inóspito, ... a parede amarela... faltam quadros e móveis e vasos de plantas... mas são os primeiros lugares que marcam a gente e então, é preciso dizer.

Dizer o quê, meu Deus, como minha donzelice foi traída por mera incompreensão, mera indecifração de meu código e como – ainda por cima –o pai reclamou por eu haver-lhe feito perder o negócio, a verba?

Nada há de mais corriqueiro nesse mundo. Tudo desfunciona por incompreensão. É só endurecer, como dizia Che, mas, sin perder la dulçura... jamás?

Buda

A situação da Valela estava além de lamentável. Também não adianta muito eu me doer por ela pois até hoje sinto que ainda não foi com a minha cara. (E aí não tem como passar a mão na barriga do Buda, pois o Buda dela não tem barriga e não é realmente o caso).

Mas o fato é que todas estavam colaborando na corrente de solidariedade do sapatinho melissa colorido. Não sei se era uma senha ou uma contribuição, eu também aproximei-me ao monte e colhi meu par. Entramos na velha casa embolorada como se fosse um bingo paroquial em que a prenda é um crucifixo com gotas de chuva no vidro da capelinha, e com muito enlevo e surpresa vejo que do meu lado está o Vilezinho Bule, a primavera nas veias, de tanto vigor. Sabe, estou à espera de um alemãozinho que me inspire, e ele parece pressentir. É de tal forma polido que chega a demonstrar vivo interesse pelos objetos que encontro na gaveta da cômoda em que estamos sentados. Uma tábua de cortar pão de cabo cinza cheinho de musgos de bolor, quase estufado de tão encharcado e anti-funcional por excelência, pois a tábua é recoberta de cortiça. Aliás, tudo nesta gavetona é esquisito, onde jamais se viu cafeteira tão larga de alumínio feito forma de pudim? Vilinho segura o plástico que a envolve com mãos delicadas, as unhas aparadas rente, já pensou... Só que encontra sem querer jeito de me picar com seu curso de Filosofia que vai assistir em Milão, todo mundo assistindo cursos em Paris ou no raio que os parta e eu, da vez que fui, fui por um só dia e não consegui sequer achar o prédio. (A vida é assim arrevesada: quem pode, assiste, quem não pode qua, qua, qua...) Ao sair, a fala continua, afável, mas confusa e, afinal, o que eu tenho a dividir com ele, e ele comigo? Tirando o sorriso amável e o azul do olhar, o quê? O quê? Corta, corta.

Na volta venho de carro com Memé e quatro amigos dele.

Memé mora numa casa baixa ao lado do cine Rex. Para dizer a verdade, toda vez que vou à sua casa parece-me estar indo ao cinema, não fosse pelo cão policial da minha altura que me lambe o rosto com linguadas cor-de-rosa e me empurra contra a porta de madeira rachada. Só que dessa vez, desço e agradeço, resolvi ir ao cinema. Cadê o jornaleiro? Cadê o filme? O cinema está fechado, a lavanderia Wandita, que ficava na entrada atrás da coluna, também, não há nada mais abandonado do que uma galeria fechada. Agora é que sinto vontade mesmo de ver o filme, o episódio do assassinato na casa em construção, e os sapatinhos coloridos do lado do monte, para indicar o quê?

TRANSCONTOS

O lustre

Um alvoroço na casa do Rado, que não te digo nada. Não sei bem por que ele se envolve com tanta gente, mas deve ser para descontar alguns dos pecados que irá cometer. Por isso também, às vezes, ele é absurdamente dadivoso, tanto que chega a me irritar. A moça comeu farelo e engasgou. Agora, porém, que não tosse mais, anda, respira. Para que esses dez mil? E ostensivamente, na minha cara, para que eu veja, como ostensivamente deixou entrever seu membro que tem aquela peculiaridade do mendigo de Ushima, para que eu, mais agudamente sinta a agrura de sua ausência. E não adianta seu amigo Guilhermino vir agora dizer-me com aquele rosto de lésbico que ele bem que toparia.

Tua cara é um prato que eu fico atirando para o alto, pela rua atravessada de largo pelo fio do bonde, que queres, Guilhermino, pela terceira vez fizeste-me vir por nada...

Vou sentir saudade da copa vermelha deste lustre, do espaço vazado destes três andares que escorregam como talhe de mulher, da poeira branca que dança pela fresta e do cheiro de plum-pudding. O que mais você quer que retenha na lembrança? Se houvesse fluido, hein, o fluido em que tudo parece coincidência, aí, sim, mas na verdade é apenas fruto do amor que nutre o acaso ou da vontade de amor que o engravida de possibilidades, etc.

Mais vale uma loiraça gorda cheia de amor para dar à humanidade, por gorda e macarrônica que seja, que uma marionete dinamarquesa cheia de senso de responsabilidade e disciplina interior. Assinam: Woody Allen, Ingmar Bergman. Equivale, para mim, grosso modo ao seguinte: mais vale uma panela fervendo cheia de tutano espumando do que um esguio abat-jour de luz violácea.

Cuidado lustrinho, não confunda dadivez com espírito de sacrifício, ou proxenetismo com abnegação.

Vietilana

Se for te contar, a vontade que sinto mesmo é de dormir. Será o inverno que neste ano chegou a vinte, digo, a dezenove de junho (no Sul fez nove abaixo de zero), que muda o metabolismo das pessoas: eu dormiria o dia inteiro. Se não fosse que as coisas parecem estarem de viração para Vietilana, arre, que castigo essa insistência dela com a casa: eu tenho dinheiro, ela diz. Não vejo a hora! Mas, enquanto esteve na casa das freiras vendia mudinhas de flores, delicadas como hastes de flor de linho, e havia duas estradas: o pátio da frente para os caminhões e o dos fundos, ao qual se acedia para (para nada, sorry) através de um longo e emaranhado corredor. Leo era uma personagem da sala de jantar do andar de cima. Mario era a personagem do quarto de casal do andar de baixo, e sua micose alérgica. Mas o que realmente importa é o que ocorreu depois. Às 13 horas tínhamos o encontro na clínica de Chantal. Não sei o que nos prendia ao bairro do Ipiranga, não lembro mais. Eu havia chegado de um longo cruzeiro, pelos mares do sul (digo mares do Sul, mas foi uma viagem em que se

digladiaram as duas chapas de maneira vil, eu com a tia e seu barquinho mágico tão cobiçado, como se cobiça o amor de quem te quer bem. Houve batalha e tudo, no estilo Kagemusha). Daí provavelmente o fato de a Vietilana haver querido me levar para ver uma casa japonesa que estava à venda. Na casa japonesa nós tínhamos que procurar não sei por quem, que, naturalmente, não estava. Ficamos de esperar. Vietilana pegou uma vassoura e começou a varrer. Calhou de os moradores da casa estarem precisando de faxineira. ("No, no, nós vamos sair agora, depois,... depois). Confusa, peguei o braço de Vietilana e disse, vamos, vamos voltar mais tarde.

O longo cortejo perfilou-se, filha após nora, e no topo de todas, a carnuda sogra, coroando. Saímos acompanhadas pelos sorrisos interessados do velhinho, que ficou sentado. Cultura japonesa é cultura erótica. No pátio, enquanto ponho-me à procura do carro, Vietilana desaparece, como sempre. Espero um pouco, a uma hora Chantal nos espera, nada de Vietilana. Finalmente, quando minha paciência já havia chegado ao fim e desistido da clínica e de tudo, ela chega, transfigurada. Moça entre o oriental e o semítico, bela como uma aurora, os olhos ardentes de paixão incontida e ijins, nada menos que 1100 ijins no bolso do xale! – Agora não precisamos mais da Chantal, canta, alegre e lépida como a roseira. A casa é nossa! Mas como você vai comprá-la? Quero dizer, onde você conseguiu todo este dinheiro? Chora, sorri, por fim confessa-me: um lindo mancebo, um samurai que, diante de tão sonhada aparição, num gesto de bravata adolescente... "Você, eternamente você", corto, já sem paciência.

Mas o dinheiro está aqui, – diz ela – tão aqui que lhe peço para guardá-lo...

Ficamos no espaço do pátio mesmo. Ela me convence e de novo dirigimo-nos à casa dos japoneses. Fragilidade humana! É bom que o tesouro venha aos poucos, do contrário, perde-se a cabeça. Em lugar de ir depositá-lo num banco, de investi-lo para a casa de que ela justamente precisa e à qual fez devidamente jus, carrego-o comigo, como se quisesse mostrá-lo, rejubilar-me, comparticipar. Tocamos à casa dos japoneses. – A senhora não está, diz-me a nora. Num dos quartos do meandro, ele continua lá, o velhinho que me olha com olhos lúbricos, brilhantes contas de desejo, ao menos tu, ao menos tu, naturalmente. Não faz mal, digo eu. Eu, eu e Vietilana vamos esperar. Ela tem uma proposta a fazer.

"Faxineira bom, faxineira bom", diz sorrindo o velhinho. Um pouco (principalmente) para não agastá-lo em sua expectativa, um pouco para justificar ridiculamente nossa presença, um pouco para ter um pretexto, pego a vassoura. – Casinha suja, no, (sujeira e sexo sempre andam juntos, cheiros, humores, terra, enquanto, na Dinamarca... só as formigas copulam em tranquilidade, de espírito, naturalmente.) O velhinho começa a ler uma carta, enxuga os olhos, não sei se é de alegria, se é de comoção: "Filho, gastou dinheiro, né? Filho achou brasileira e gastou todo dinheiro, né!"

Prova de maturidade requerida pela honra de um pai. O velhinho chora de emoção ou de alegria. Eu, agora sei de onde vem o dinheiro da Vietilana, (mas nada lhe tolhe). Por sinal ele já não está mais despontando do meu bolso: na hora em que eu fui varrer ela pegou as notinhas dobradas. Jogou o xale por cima, sentou-se na cadeira, esperando. Encosto a sujeira que varri num canto e afasto-me, inclinando-me, congratulando-me com tudo, com tudo.

Vamos sair, até logo, até breve, mas, não encontro, de novo, a Vietilana.

À porta me espera apenas uma senhora gorda, de fundilhos pesados, estilo Ugné, que me leva ao cabaré de tangos e gringos. Diz ser a amiga da Vietilana, que pediu para me buscar. Mostra-me o cafetão que veio ao encontro dela. Um senhor de fontes brancas, manjado em roubo, me diz ela, ao apresentá-lo – Não quer mais jogar, diz, indignada, – justo hoje que ia recuperar o meu dinheiro, hoje que era o meu dia. O senhor de fontes brancas mostra-me as folhas de um bloco de notas. De fato, aí estão nervosamente anotadas as cifras em ijins, perfazendo 1100 e, como não podia deixar de ser, naturalmente, meu carro também implicado.

Maldita hora, tudo passa, nada fica, a não ser que se tenha a boca pronta, no ato, para comer dos idiotas, como eu. Obter pode-se, com ilusões, mas o esquema deve estar montado para consumir de imediato. É.

Cós

Era uma noite úmida. Apesar dos vidros fechados, sentia a umidade depositar-se em tudo, barulhinho macio, de chuva miúda. Nunca usei lingerie cor de carne, mas desta vez resolvi pescar da mala um velho sutiã de bojos largos e pus-me diante do espelho do armário para ver como ficava. Foi aí que vi o rapaz deitado na cama da Alzira, loiro, bicho d'água. Será que é um cara interessante? Será que iria se interessar por mim? O que representa um grande progresso, pois até então a ordem das perguntas havia sido sempre o contrário. Que ele fosse da Alzira não vinha ao caso. (Agora, já).

Arrumei-me piamente e fui até a igreja do Sacre Coeur. Queria um tête-à-tête com Deus. Mas quando entrei, confundi-me com um grupo especial de fiéis enfeitados por uma cinta vermelha, as mulheres com longos véus de renda branca, cobrindo a cabeça. Não é que tenha algo de particular contra – como se costuma dizer, nunca me fizeram nada –, mas, quem é ligado por uma seita como esta (ou qualquer seita?) me assusta, me tolhe. Porém, pensando bem, aqueles caretas da TPF são acintosos sim, e pelo aspecto de todos os que eu adivinhei, só podem ser sádicos ou mentecaptos. Devolvi à beata a jaculatória que me havia posto na mão. Saí pela lateral. Em lugar de ser a Igreja de Paris, poderia ter sido a de Madri, o importante era a gente que circulava na rua, muita, muita, mesmo, e homens, na maioria.

Aí me lembrei do problema que eu tinha e que queria discutir com Deus. Por que eu sempre arriscava o que eu tinha e por que, para continuar tendo-o, devia continuamente arriscá-lo, pô-lo à prova? Que carma o meu! Depois da primeira grande ofensa, da qual me queixara com ele, ele não soubera se explicar. Apenas me disse: se achar outro melhor, fique com ele. Assim ele ia ficando cada vez pior, à medida que piores eram os termos de comparação. Ou então eu cavava, cavava, até que os termos ficassem cada vez piores do que ele, uma questão de premissa.

Sei que as mulheres suavizam, mas porque ele não se suavizava comigo? Comigo e com os meus amigos ele tem um pavio curto que dói e só não me deixa histérica porque me procura tão pouco, quase nunca, digamos. "Por que as coisas acabam", dizia Alzira, passando a mão nas calças do namorado.

Galinhas

O que vale é o que fica na balança...
O que fica na balança?
    Rã, nada ficará
    Hã, nada ficará
    Pã, nada já ficou
    Bã, desintegrou
Fora os afetos familiares, os companheiros de luta, os alunos que, transitoriamente sorvem tua experiência, os amores não realizados nos quais se projeta ódio e fantasia. O resto, niente. Mas a pior raça são as galinhas domésticas. Aquelas que bicam em círculo, antes de acertar no verme ou no excremento. E depois que acertam com a bicada, entontecem freneticamente no gozo da própria inercia, salpicando de merda ao seu redor, ou de carniça podre. Fede-me a roupa. Antes que contamine o corpo, desfaço-me: fica abolido meu relacionamento amigável com galinhas-fera. A cultura japonesa é uma cultura erótica. Para quê psicanálise? É mesmo. Análise para romper a rigidez do sintoma global, dos valores que não sejam os das ações. Já Bergman, com aquela história tão

nórdica da incomunicabilidade... ele nunca pensou que, como A.C., há indivíduos que não querem certa comunicabilidade? A comunicação é uma conquista, não um estado normal. E depois não vão ser as palavras que vão imprimir o que não se sente, e o que se sente é o que pesa na balança.

Camisetas

Não, minha nega, a história é bem diferente, não tem nada de ponte não. É uma estrada europeia que une a entrada do subúrbio à estação de veraneio, onde, entre outras coisas, havia fontes de água mineral, também. O lugar, apesar de deleitoso, era meramente um local de trânsito. Dirigia-me à casa da Marta. Na verdade, havia vindo de carro desde a vila, o subúrbio, onde havia deixado Mário que, a pé, se dirigia na direção oposta. Diz que no momento que o deixei ele urinou. Sinceramente não lembro, como não lembro da suposta carona que teria dado a dois indivíduos, um deles portador de uma saliência (bola) na parte lateral do pescoço direito (desculpe, quero dizer, lateral direita, aproveito também para dizer que não portavam armas, pareciam dois inofensivos caronistas do local). O que lembro, vagamente, veja bem, é que por um estranho destino eu é que portava duas camisetas pretas, uma sobre a outra, a sobressalente chegando-me à altura dos joelhos, sem nada mais por baixo, como se costuma dizer. Daí a inferir que fui pega de calça curta é recriação sua. Por que será, esta insistência? Serei eu que me exponho a esses falatórios? Não me precavendo o suficiente? Por acaso dei a alguém a impressão de que quero épater? Uma coisa diante da qual vou encontrar-me sem defesa? A única?

    Sai pra lá. Vira esta boca. Antes, durante, depois. De qualquer maneira, fique registrado: consta que, em primeiro lugar, tinha as calcinhas na bolsa, em segundo, levava um pareô embrulhado embaixo do braço.

Masto

    Arruma a casa, arruma e lava e o sabão escorrega no masto e a água é de sabão e escorrega no chão e o tamanco desliza do pé e a planta encosta no seixo e eu quase caio. Endireito-me e olho fixamente para a frente, na firme esperança de que todos fitem apenas meus olhos e não os pelos de meu sexo que ficaram expostos. De fato, tenho por hábito não usar calcinhas. Sempre esqueço, porém, que as camisetas são curtas e eu sou sempre pega de calça curta.
    Calça ou não calça, deu na mesma. Coube-me o lovelace, na alcova. Um boneco com olhos de brasa. Naturalmente não houve nada, parem de olhar-me assim. O sol que vocês veem é um quadro cubista, não sou eu, parem de olhar. Alzira, não reclame a roupa suja, é tão maravilhoso escorregar no sabão.

Peixinho

Mas aqui?! – Reclama o feirante, apesar de não poder parar. Já está usando a lataria do meu carro para encostar sua barraca, o carro bem no meio da feira. Não é que eu tire o carro para ele não ficar preso. Tiro-o por preocupar-me demais em não incomodar o próximo, os coitadinhos, para ser exata. Diferenciar a impotência, ou coisas do estilo. Na vila em frente, um conhecido agita-se em sinais: Aqui, aqui.

Dou marcha a ré: mas o carro vai ficar em frente à sua garagem...

O carro de repente torna-se um balão de plástico e estoura bem na minha frente. Não faz mal, diz o conhecido, pegando-o na mão e examinando o furo na borracha da rabeira, é só passar uma colinha e a coisa está feita. Olho o furo e concordo, para não amargurá-lo, mas bem sei que de nada adianta, o carro não vai crescer de novo.

Aliás, pensem bem, como é que diminuiu? Sabe de uma coisa? Vou parar de agradar aos outros, tá legal?

Às quintas-feiras come-se um boi na casa da madrasta. A louça fica amontoada na pia, pratos engordurados, copos sujos, espetos e facas. A mesa da churrasqueira está também abarrotada. Uma batata doce mordiscada, rodelas de tomates, bifes frios, peixes azulados com a barriga estufada. Mãe, prefiro nem vir à sua casa... Além do mais, este vizinho que vocês têm aí a prova de bombas, sempre de terno cinza... me dá medo. "Vocês não viram as grades às janelas, a mulher de violeta que aparece às tardes tem cheiro de morte mal morrida, de lusco fusco mofado, de contágio", diz ele.

Mãezinha, a velhice também é uma madrasta, engruvinha as pessoas, ossos, pele e caspa. Deixe eu ir embora, mamãe, não se ofenda, sinto um enjoo no estomago, uma vontade de... lembra-se do barril de madeira lá da horta, quando era pequena, que delícia aquela água quentinha... e o peixinho vermelho que joguei lá dentro pro Paca não pegar e ele ficou listradinho de preto, igual ao lodo do fundo? Mamãe, mesmo que as coisas não voltem, se ao menos ficassem todas como este peixinho, se não morressem todas logo, mamãezinha, que será que me deu?

Padre Sapsa

– Leia esta carta, traduza-a. Sei que você sabe, vejo, sinto pelas palavras que você escolhe na tradução. "Goza em silêncio as rebarbas secas de suas faíscas, é um fogo morto. Se fosse com você..."

Mas você não tem coragem, minha filha; às vezes é preciso fustigar a vida para que ela solte o que mantém escondido, justamente aquilo, o resto vem sozinho.

Venham, venham à minha igreja, tem bolinho de coco, de açafrão, tem manjar branco com caldo de ameixa, tem, ao lado, uma sala verde-sol cheia de tias de chapeuzão branco. Ora, por que morar na Igreja? É tão seguro. Com os dias que correm. Venham esperar a tiazona, agora que que engordou de repente e... não cabe em ônibus nenhum, não há veículo que ande com ela a bordo, ela prometeu vir de charrete, vir cozinhar para vocês. Vocês também vão andar de charrete. Não deixem de vir.

– Prezado senhor, sua carta revela um certo esforço. Não faz mal – respondo –, porque pretende ser espirituosa. Pretenda sempre, meu senhor, a graça é fundamental, ela enleva, ao contrário do visgo, do peru e das donas de casa possessivas que sinceramente... prefere as reticências ao palavrão, sem dúvida mais condizentes com seu estado adiantado de conservação sempiterno. Creia-me, atenciosamente.

Chanel

~~~

Bem, se entrei na loja não foi com a intenção de gastar dinheiro. Entrei assim, por curiosidade, por entretenimento, por carência. Afastei-me dos trajes com hostilidade, mais do que com desconfiança, mas a vendedora chegou-se como a Olly, certa de saber o que me serviria, Um pano aqui, branco, de sarja. Esta folha verde de Chanel, com a flama brilhando de amarelo. Tailleur é seu gênero, os outros, não interessa. Levou-me à oficina, no retro, para que eu mesma visse a confecção. Amicale? Animale? Chegou minha irmã tão sedenta de reconhecimento, com as filhinhas todas e se surpreendeu da naturalidade com que me recebiam naquele meio. (Nem todas são soçaite).

Mas da segunda vez, quando fugi a pé da reunião para meter-me na butique próxima a Da Sé (onde vendiam rolhas e tinha tanto viaduto e praça) a coisa foi tão diferente! Primeiro, chovia. Segundo, tinha pressa às avessas: castigava-me por ter fugido da reunião. Terceiro, a loja era pequena e ninguém me adotou. – Esta roupa eu já tenho, disse a mim mesma, mas de nada adiantou. O preço do conjunto nem por isso baixou e eu só sei que pensei: desprezo o que tenho para buscar a ocasião, que é justamente o que eu tenho.

Passado I

Estou invocada com os ônibus, trens, bondes e similares. Uma multa de quarenta paus diz-me o cobrador, por ter apertado a campainha incomodando o motorista, sem descer. Vou recorrer, ouviu! E o senhor vai ver só. Meu tio, o desembargador...

Vem, diz-me o rapaz que me acompanha pelos meandros da estação semi-deserta. Leva-me ao banheiro e mostra-me os cacos como se eu fosse a médica, a luz, a solução. Veremos isto, veremos, assegurou-lhe.

A ruga que me verga a testa é mais de desolação.

Deixo as crianças em casa e vou até a vila. Paro o carro numa paralela, são cinco horas da tarde. O tempo, penso, de ir ao S.M. e voltar. Escurece cedo nesta época, constato, ao sair. As sombras da noite me preocupam. Não é que as coisas se tornem hostis, apenas totalmente desconhecidas. Não reconheço as ruas, poucas, em verdade. Vejamos, aqui está o largo, aqui o depósito, aqui o carro. Que nada, não é aqui. Imediatamente, a cabeça esquenta, como após aquele problema que não quis dar certo. A lógica de per si, tão precária, funde-se ao caos. Percorro todas as laterais, o desvairo aumenta à medida que a noite cai.

Mas o carro deve estar em algum lugar, a vila é minúscula, penso, descendo ladeiras, entrando nos quintais das fábricas. Até que, numa, o moço que toma conta atira-me uma lasca de madeira às costas. Doí-me bem no centro da omoplata. Atirar em alguém que procura o que é seu, penso, chorando à ideia de que as crianças agora estão irremediavelmente sós, o que farão meu deus, mas olho grata para o moço, pois o quintal para onde eu descia está fumegando.

Passado II

Agora que se passaram sete anos e eu te engoli pouco a pouco não prezo mais a coerência previsível. Cansa-me o já saber, mas cansa-me igualmente a ausência. Fico assim estufada do que não quero saber e mutilada do que quero, de sobejo tenho apenas o que não pedi. Ziquizira, terumera, meliona. E mais. Já não tenho o que cavar dentro de mim. A casa do pai, antes que a cobra o mordesse, e a árvore de limão toda florida. E o abacaxi no mato, todo verdinho. Quem quer uma cabeça de mariavirgem? Vai um, vai dois, no mínimo, quatro! Cinco, seis, quem dá sete, sete, oito, oito, oito, vendido o lote!

Olhos de besta mansa, olhos de besta viva, olhos de besta embestada. Todo um passado pesado que põe na balança e nada pesa, pois só houve ato sem fato. Como os livros que desaparecem de minha cabeceira sem chegar ao fim.

Marina

Fogueira que eu fiz na ausência da dona da casa, onde estás?

E a plantinha de pimentão vermelho?

Ah! Sim, do episódio da mãe eu lembro. Estava com ela num aposento – extensão da pensão, mas a lembrança dos filhos no quarto da pensão não me abandona. Não consigo ficar posta em sossego. Os filhos: marca, carga, cargo, continuação de corpo e alma.

Ay, la logica peculiar que dá el ódio.

Ay, la logica peculiar que dá el amor.

Por favor, no amem sin amor.

(En el instante en que yo dejo de crer en él, el desaparece.)

Ay, como é que fui lembrar daquilo e o que eu tenho a ver com o fato de que uma mulher casou sem amor, quere dizer, pior do que uma puta, pois ao menos a puta se distrai com muitos, uma Marina, ao contrário, fica vinculada às vísceras de um macho. La peor cosa: amar sin amor.

Não sei se foi veraneio o que fomos passar lá: coisa deprimente. A privada numa parede do quarto de dormir. E a descarga despejava pelo assoalho o conteúdo no quarto, quero dizer, da taça. Não adianta desculpar-me com os meninos, como se eu pudesse ser responsabilizada pelo acontecido. Merda é merda, em qualquer lugar. Miséria, idem. Tudo está em não ir, em nada esperar. Marina, você vê, sei que ele mora nesta praia, mas não espero nem vê-lo. Vivo do que acreditei dele, sem mais poder acreditá-lo, e a vida é tênue como um sopro, mas como um sopro, indestrutível. – Como se pode exigir o amor? Marina? Solicitar, talvez, abrir las ventanas, como ontem no teatro Argentina, tinha a máxima certeza que a artista queria ser abraçada. O absoluto num momento ou o absoluto numa contínua ausência.

Já nas casas coletivas do PJ a coisa foi um pouco diferente. Não quanto ao enjoo que se sente: diante de um alimento como diante de um desejo. Talvez PJ possa defini-lo assim: enjoo antecipado, antes do pasto. As sacolas tão cheias, sacolas de palha torcida, pratos de maionese, frango e verduras e tanta gente da comunidade cristã achando-se todos justos, norma conveniente. Eu vim fazer o mesmo nesta comunidade cristã, o mesmo do que fiz na pensão de veraneio. Sentir-me agastada pelos dejetos que extravasam de tudo, de todos. Melhor voltar à praia, Marina. O que há, o mar sempre lava. Gente vai, gente vem, e à noite ela está deserta, para mim somente, e para marginais, assassinos, salteadores.

Grupo K

O grupo K, mein Got, o grupo K!

Na turva noite chuvosa, ninguém na rua. Devem estar todos no teatro. Chutava, com raiva pelo meu próprio atraso, os seixos enterrados no cimento molhado. A luz da iluminação reverberava: o lugar parecia antigo e abandonado ao sempre. Passo na frente do primeiro affiche: Lili. Quase, quase, resolvo entrar. Uma peça atrás da outra, nesta indigestão do festival, mas desvio antes para a floricultura, um sexto sentido, não sei. Há tantas rosas no chão e a vendedora está pregando uma no peito da moça que me precedeu. Cato uma do chão e prego-a em meu próprio peito, deu uma para a moça, pode dar para mim.

Respiro. Não é que do lado da Lili estão entrando os do grupo K? Que sorte! Entro. A plateia está cheia. Ou melhor, do lado direito, numa faixa que se aproxima ao palco, há uma língua de lugares vagos; por que será?

Corro e sento-me na quinta fileira. Do meu lado uma fulana que fala inglês. Por que falar inglês se o espetáculo é belga? Eu também falo: from time to time. Atrás de mim um casal de pretinhos se abraça.

Abracem-se, abracem-se, enquanto podem. A peça K:
Cena I
Cena numa calçada molhada. Uma moça mexe numa pedra de cimento que veda o escoamento da chuva e do esgoto. Pessoas na fila do ônibus apenas olham, sem muita curiosidade. A moça deve estar movida por algum propósito secreto, pois espia de um lado, espia do outro, enquanto levanta com esforço a laje de cimento.

Um loiro, num canto, olha-a mais intensamente. Na expressão há algo que parece um sinal, mas não se tem certeza. A pedra é levantada e deixa ver o que esconde. As águas pluviais escoam por um orifício, numa corrente branda, quase branca. Por baixo delas, o esgoto, em ralo aberto. A moça fecha rapidamente. Era o que se esperava. Nem mais, nem menos.

Cena II
Uma sala de aula sem alunos e o assistente, no andar de cima, se locomove, um pouco envergonhado.

Cena III
O loiro diz à moça: Chegou sua hora.

A moça: Sim, mas não vai me ter antes?

Cena IV
Os dois se tendo. Alguém espia pela porta e marca algo num livro. O loiro está perdido. Sua vida funde-se com a da moça e ambos resvalam não se sabe por qual dos canos.

Cena V
Professoras comentam: quem ganhou o coração da moça?

A viagem

A procura da escolinha-jardim para as crianças foi rocambolesca (excruciante é outra coisa). Professoras delirantes que se serviam delas para outros fins. A Helena, por exemplo, um dia terei mesmo que compenetrar-me. E a diretora da escola, cobrando moedas soantes pelas aparências mais esdrúxulas. Crianças, brincareis agora no jardim de vossa casa. Nada mais.

Fechei mala, fechei carteira e fui ao congresso. Ligia, a famosa, do meu lado: "O que você acha, as pessoas têm dignidade." Claro, é tão fácil invocá-la. Falta-lhes a dialética da transformação.

De repente cai a tarde. O congresso encerrou-se.

No trem, sento-me a seu lado e ela sempre falando de coisas viscosas. Parecem doces, mas seu mel é corrosivo. Eu também sou culpada, eu deixei a flor secar, "se as coisas não acontecem como eu quero, não as quero mais". Tudo isso é verdade. Mas só não aceito as coisas que não eram de meu agrado desde o início. Já que não me agradam, que venham ao menos do melhor dos jeitos. Isso é o azar da mulher que se casa assim. Além de não gostar dele, ainda tem que acabar lhe fazendo as vontades. Isso aconteceu neste caso, com a Ligia. Apenas tolerava-o e teve que, continuamente, tolerar-lhe a impostação, a neurose, a vaidade, a correção, a modéstia, os pruridos, a humilhação, a arrogância. Agora, deu-se o ensejo de placar sua ferida, se ferida houve. Mas tudo não passou de ampolas.

Estou falando tanto, Ligia, e não percebo que é de seu próprio marido. A viagem chegou ao fim. Agarro minha mala. Esperam-me. O hábito leva-me a catar as escovas de dente que deixei na bolsa e colocá-las na mala. Perco tempo com isso. Quando finalmente seguro a alça da mala, já todo mundo desceu e o vagão foi invadido pela limpeza-abastecimento. Colocaram um funil na saída, que corresponde à boca da cozinha improvisada. O caldeirão enorme ferve sobre a estufa. Não me deixam passar. Tio Golbery vem em minha defesa. Desfia impropérios aos operários. De nada adianta. Aproveito a confusão e saio por trás do fogão.

Deixo a tia brigando com o tio, com o marido, digo, e digo à Ligia: vou-me.

Rado

Era uma casa grande, casa de caçadores, de colete. Patriarcas, é claro, mas casa com espaço para muita, muita gente. Estou entre os muitos e Rado olha-me. É claro que ele quer me dizer muita coisa. Um convite? Copa e cozinha? Sala de armas? Pena não poder ouvi-lo. Pena não poder falar. É uma cena muda, esta. Como mudo é o show que se realiza no salão. Em lugar da palestra.
    O campo de íris amarelos zune de sol, na tarde. Pela enorme janela do salão vejo o tempo passar. Tem um assento, lá fora, que é uma rocha, mais do que uma pedra. O velho vô está sentado, lendo, mas ele compreende tudo e tudo o compreende. Só que quando saio com Rado pelo braço, os caminhões não nos deixam atravessar a estrada. E preciso correr e o trator deve ter passado por cima do campo de íris, pois só vejo barro, barro e mais barro. Não faz mal, sabe, com você pelo braço vou cultivar um campo com o rio atravessando e folhagens que parecem lanças, na margem. – Vou pôr até areia movediça, é assim que você gosta?

Flash

Vou andando de bicicleta. Venho de uma festa, creio. A caminhada é longa. O sereno há tempo já caiu. Escurece. Passo pelos blocos universitários, já próximos, e resolvo deixar a bicicleta encostada à coluna de um deles. Procuro o alojamento de Vera e passo a noite com ela, o marido, o filho recém-nascido. São duas crianças, diante de mim, e movida não sei por qual impulso resolvo chamar ao filho "meu netinho". Eu mesma me surpreendo. Vera olha-me com seu olhar de velho pássaro, como a dizer: "está tão só que até ao meu filho quer se filiar". É, Vera, foi mesmo. Tem razão. De repente é de manhã. Assalta-me a dúvida de que alguém tenha sumido com a bicicleta. Saio para ver. De fato.

Mário e Marião. Os dois se oferecem para recuperá-la, mas é Marião que o consegue. Ri. Está satisfeito. Mário o provoca com a história de mulata que diz ter experimentado em represália ou menos. Marião atira-se sobre ele, mas no afã do atraque, Mário o para: "Para quê, você não precisa".

Íris

Agapanto, íris, nomes violeta.

Mas acontece que na casa velha estava a rosa, e onde a rosa está, desabrocha o instinto. Começou com o pequeno, a exigir-me iniciação sexual, enquanto as meninas, na cozinha, ficavam soprando o fogo sob a panelona de batata-doce. Chuá! Sai daqui sua sapeca assanhada! Que calcinha de náilon é esta nessa bunda de sem-vergonha! Que que estão pensando, hein? Hein?

Azálea. Unha-de-vaca. Você vai fumar aqui? Eu faço escândalo.

Recebo uma carta por dia. Floresta Negra e Carlos Drummond de Andrade. Certas mulheres, decerto, não têm a melindragem que eu tinha. Goste-me que eu te gosto. São seres que se arrastam assim: sobrevivem. Ah, que ganas tenía de virir y usted me las sacou todas, com tu descaso

descaso. Bernardo é famoso, mas vive sozinho. Ninguém o convida, ninguém o disputa. Ele, o masseiro, sei não...

Efermérides

30 de julho

Está vendo esta vaquinha? É de terracota. Basta você colocar água todo dia e a sementinha logo brotará. Estamos andando, eu e Alberto, pelas ruas do Sacre-Coeur. Estes lugares ficam tão carregados quando se escrevem no papel. Na verdade é uma rua estreita, em subida, e na esquina fica a lojinha dos bric-à-brac, que vendia coral da outra vez, mas agora se atualiza com a terra-cota. Alberto tem uma mão em meu ombro e sorri daquele seu sorriso de moça-hélas-já-velha, mas ainda dá pro gasto, afinal é a idade da sensualidade, como bem diz o dono da Eletrotevebraz. Curiosa também estou, penso, enquanto acompanho com os olhos a mão do Alberto que não perdeu o hábito de se coçar. Aqueles dedos fortes que ele tem, a falangeta arredondada como o Elman mas... e o preço desta curiosidade?

Tic toc

Tic toc, vamos andando pelo bosque. A galeria fica aqui, diz-me o Jarbas. Vamos de mão dadas, o bosque está úmido, mas o Jarbas, penso, sabe das coisas. Chegamos à galeria. São quadros famosos e esculturas de grande valor, prepara-me ele. De fato, devem ser mesmo. A encarregada, ruiva e olhos celestes, resolve, quero dizer, zanza ocupada e atarefada. Mal digna o Jarbas de um sorriso e logo se desculpa: nada pode mostrar, pois, estamos vendo que correria... Claro, claro. Sinto um calor de vergonha no meu íntimo, não por nada, já sei que o Jarbas, coitado... um iludido, para não usar outra rima. Mas não é recomendado o que estou buscando. Busco a autenticidade da natureza humana, o calor, o diálogo, a irmandade, o encanto. Ele talvez sim, porém, a autoafirmação para os homens é tão primordial que não conseguem passar por cima de nenhum pouco caso. Tornam-se ariscos, grosseiros mesmo, a atacam com palavras ásperas, descabidas. Ah, Jarbas... Autoridade, Shakespeare já dizia, ou se tem ou não se tem. Qual' é, deixa a moça em paz, Jarbas, não vai ser ela quem vai decidir o que você é e o que não é. Jarbas não sabe das coisas. É um menino eterno, nem o absurdo ele não sabe praticar, para esvaziar seu saco de frustrações, quando surge o ensejo. Vagueia pelo espaço esverdeado de sua imaginação querendo que as pessoas concordem com ele e enche a todos de palavras, palavras, palavras. Só consegue agradar quando se cala. Continuamos no bosque, de mãos dadas. Chegamos à casa de Maria das Rampas. Andamos sobre andaimes bambos. Já sei que o pulo é difícil e já sei que novamente, e sempre, daqui por diante, ele não me será de nenhuma valia. Vejo o gato pular na minha frente. Decido não pular, descer pelo poste mesmo, o gato que é o gato quase caiu, eu, hein. Jarbas, que já está do outro lado, oferece-me galantemente a mão. Que mão, Jarbas, que mão... se escorregar aqui ninguém me salva, olha só o que tem lá embaixo, dá só uma espiadinha...

Maria das Rampas abortou há pouco tempo. É crente e mora numa casa de tipo ex-senzala com as duas irmãs. Uma alma pura, que caiu no conto do Andreção, perdeu a cabeça, como diz ela, mas continua pura e crente. Recebe-nos com a simplicidade sem pergunta, sem expressão, apenas séria e corriqueira, das pessoas puras. Em parte, sou responsável por este aborto, paternidade irresponsável, como diria nosso atual ministro, aos dias de hoje. O sol brilha, a parede caiada de branco sorri, cheia de resplendor. Estou feliz, Jarbas, feliz como o calendário. Os dias que passam não me esvaziam a alma, sempre lúcida, alerta e sabiamente generosa. Só a campainha toca. E um terrível presságio toma conta da Maria, sufoca-a de apreensão. E o homem da Liga, diz a Maria, com a mesma simplicidade. Bem sabe ela o que nos espera. O homem da Liga é pernambucano, daqueles que custam a entrar, mas quando entram, não saem nunca mais. Seu Zaka. Está a serviço de não sei bem qual entidade religiosa que preserva a família e a prole. Ferrou na campainha e tenho por força que atendê-lo. Tem um auto na mão assinado por Dona Risoleta do Coração Sagrado de Maria Virgem: requer a Maria das Rampas que compareça à seção de defesa ao nascituro, imputada de aborto culposo pelo farmacêutico Dimas que lhe vendeu o desinfetante para as lavagens. E agora, Maria? O que vamos fazer?

Revelação

Já que vou ter que me reconverter à ortodoxia (ou transliterando, já que estou prestes a entrar bem), Marido, quando as fores ler, possivelmente as coisas estarão bem diferentes, caso contrário, não as lerias. Mas não é só para você que eu escrevo. Para mim também. Quero que fique registrado o custo da mudança a que me obriga sua atitude para comigo, possivelmente devida, em parte, e também, à minha atitude para consigo. Que fique registrado o custo, mas que fique registrada a memória também, não possam os incautos do futuro virem a julgar-me, em nome de tendências embutidas que me levariam a tanto. Trata-se, no caso, exatamente do contrário. Não possa, eu também, num futuro que espero remoto e improvável vir a concordar com eles e concluir que se fiz, bem, no fundo, é porque gostava de fazê-lo. Ficam com isso refutadas as teses do Dr. Behaviouriast a quem confiei os males do passado próximo e remoto. É com grande sofrimento físico e moral que me decido a mudar. Se por físico pode ser contada a blefarite lacrimal, chorei, confesso e registro, lágrimas infeccionadas por ver como certas pessoas não suportam serem amadas por inteiro, por bem, como se diz, ou, numa boa. E, ainda, o fluxo adiantou com cólicas variadas. Mas o físico sempre foi o de menos. Demais é o que fica por trás disso, não adianta sorrir e achar dramático "o que nunca apresentou problemas algum" para você, claro, pois os problemas de nosso relacionamento sempre e só eu resolvi no muque, aplicado em mim mesma, naturalmente. De tanto apanhar estou forte e rija, não acostumada, como leigos e você provavelmente pensam, pois não sou do tipo masoquista. Conforme os sonhos provam, e os sonhos são o único sinal que o além pode nos dar, a antigos e modernos, gosto de você e recuso a ideia, por mais recôndita que seja, de vir a trocá-lo por quem quer que seja, doce, cortado, falador que seja. Acostumei-me a seu físico, a seu jeito e a lembrança do passado inspirado bastaria a borrar o seu presente retraído, rígido e calado, e os momentos de carinho adormecido bastariam também a apagar os afagos (brincadeiras?) nas pernas das Lias da vida, compras no macro, almoços ou jantares domingueiros e outras bagatelas no estilo. Ciumenta não sou assim, difusamente. Só pensava estar no meu direito em coibir efusões com outras, de que comigo é tão avaro, não por vingança explicita do comportamento que você causou, mas por praxe e deformação profissional, aliadas a traumas da infância. E a insistência de sua mãe tem tudo a ver com isso. E assim ia levando, a máquina de escrever, à qual você me relegou, sendo

uma fonte de compensação, mas também uma prova de realização, não apenas aos meus olhos, mas aos seus olhos, também. Devo ter-me enganado. Foi uma leve cócega na sua vaidade, da qual você logo se serviu como para pôr-me de lado, para sobressair com os amigos que o rodeiam, cem por cento seus, que os meus os perdi, ou só aparecem com constrangimento, não tem muita importância, deles não faço questão. Só que, depois me revelaram que seus afagos com lias e leias da vida tinham, há tempo, profundidade e relevo.

Confissão

Por um lado não quer que leia, na cama, veja-se a ironia, e limpe a casa, por outra não quer que bata à máquina, idem, ibidem, mas quem sabe computarize, qual Maísa, que me arrume com roupas surpreendentes, ou simplesmente desapareça das suas vistas quando está de mau humor ou de humor calado, (não é essa a explicação crucial que você deu à sua confidente no dia do aniversário?), segure as pontas de minha susceptibilidade, me manque em suma, e me contente com a casa que você me deu, com o salário que o Estado me paga para satisfazer minhas frivolidades, com a intimidade de sua presença, estamos chegando ao ponto, com sua portentosa remissão de culpas, que se houve ou não houve não interessa, poderia ter havido se não tivesse tido o azar de encontrar pessoas indecisas, ou estar sempre impreparada no momento propício, ou quem sabe houve, você é superior a isso, não faz perguntas, eu também não faço, ambos acreditamos na fidelidade subentendida recíproca e nisso está baseado nosso casamento, ponto e basta.

Esteve até agora. Na medida em que vislumbrava, apesar da sisudez, um certo orgulho em estar ligado a mim, isso para mim era o necessário e o suficiente. Agora, vislumbro um certo rancor, um certo desfastio. Pela fidelidade à qual inconscientemente o obrigo, e este inconscientemente é o pior, pois tem uma força subliminar de percussão, quem disse que sua ética pessoal, conforme diz seu amigo Kelly, em que o rato vai entrar na gaveta, em que os escrúpulos serão masculinamente postos de lado, trepar não arranca pedaço, como diz sua amiga Solange, e eu me encontrarei então, chifrada e mal paga, a remoer minha ameaça de terminar o casamento sem realmente querê-lo e, por outro lado, caso não o termine, ver-me-ei transformada numa rabugenta carente, ácida e moralista. Cabe-me urgentemente mudar de atitude para com você, e principalmente, isso é o que mais dói, para com os homens. Era tranquilo carrear minhas energias para a leitura, a máquina, os artigos, as crianças, a empregada, o mundo contingente. Tenho agora que deslocá-las. É uma violência já vivida e enterrada. Ressuscitá-la, nesta idade, é uma espécie de crime a que você me obriga e do qual não me eximo. Apenas me isento de qualquer responsabilidade. Vou violentar-me física e moralmente. Não é mais um jogo, uma prova de forças, um ajuste de contas. É uma cruenta necessidade que vai rasgar a tranquilidade que achei ter conquistado. Pode ser que as etapas que venha a galgar me afastem de você. Não por culpa, mas, agora, por descrédito.

Não mais o estimarei como o tenho estimado, e isso irá enfraquecendo os laços por chegar o momento em que ache que você não mais me merece. Aí talvez prefira até mesmo a solidão. Não sou do tipo que se resigna a algo que não mais sentirá. Vejamos. Como se resolve para mim o drama, ou, para você a bagatela que seja.

Vertente

A tristeza é tão grande de acordar do lado do Bisa, e ele todo atencioso, querendo consertar meu brinco, e você, por dentro, morrendo de pena por ele e de desgosto por você mesma. Não é do seu tamanho, nem ele, nem o membro dele que parece mais rabo de cachorra velha, meio sem pelo, e a cor de rosa aparecendo por baixo. O estuque da parede estoura e por sinal nunca havia imaginado que tinta acrílico pegasse fogo daquele jeito. A vista é muito bonita, por cima do rio, ladeado por árvores centenárias que deixam entrever o sol, por entre as folhas. Até que, pouco antes, estava eu mesma junto com as crianças, tomando banho e rindo naquele rio, e agora estou aqui, mais do que chorando, com uma dor irremediável dentro do peito e não há sol e nunca mais poderei rir com aquele homem novo e o outro velho ainda dentro de minha vida, de meus olhos, de meu pensamento. Não vou poder ficar com você, Bisa, não adianta me olhar tão solícito assim e querer me agradar e consertar meu brinco. Meu passado é uma caverna e só posso preenchê-la com o passado mesmo ou então sabe com o quê, Bisa? Com a única substituta desse rombo que me arrancou fé e ilusão. Agora as crianças brincam naquele rio, meu deus, sem nada saber.

Sento-me no carrinho, sobre o trilho. Eu dirijo. Dirijo-me à roça e dou carona a uma moça que carrega o cortador de pão e esconde um pouco a mão que teve lepra rosa. – Moça, por que esconde a sua mão? A lepra não tem nenhuma importância para mim. Logo chegaremos e aí você me dará as rendas e o bolo para o casamento.

Vertente II

Êta casa grande e casal de japonês que com a maior sem cerimônia vai entrando pela minha escada. Vocês dizem que me conheceram moça e eu no começo me confundo, mas agora que minha bolsa sumiu, já não sei não.

Mamãe está invocada, lá embaixo, porque mais uma vez esqueceram de seu aniversário. Eu não tenho o presente, tenho o rádio na caixa da bolsa marrom (por sinal minha bolsa foi encontrada, só que José vem justo hoje que é terça-feira e eu estou preocupadíssima por perder de novo a aula no colégio que é justamente de desenho). Não assisti uma aula no semestre inteiro, como é que irei passar, se o professor nunca viu minha cara e eu não sei por onde começar com aquelas figuras geométrica? Que maçada ainda estar no colégio com esta idade toda, mas fui eu quem quis e só falta um ano e depois a casa é grande e já está novamente toda cheia de gente. Geni-sã?

23 de julho ou o dia da vertente virada

Lulu estava deitado no quarto, ou melhor na grande cama do grande quarto. Uma janela imensa, revestida por longas cortinas de rendado branco que aderia ao vidro. Como antigamente. A casa era antiga. Um hotel de alguma firma austríaca, cinco ou seis quartos, jardim de magnólias, andar térreo, cada quarto, um balcão. Pena que chovesse lá fora e que Lu estivesse lendo em idish. Por mais cativante que fosse o meu sorriso, o que pode se fazer quando o tempo é marcado e quando se sente aquela pontada característica que dá início a mais uma frustração? Lulu mostrou-me a capa do livro. Uma careta, uma máscara mesmo de marionetes, nariz, oco dos olhos, faces pintadas. De borracha e em relevo.

Lulu, espero que você saiba o que eu sinto e que você apenas não queria, em vista das circunstâncias: Lulu, nada de culpas, hein, é apenas algo a mais para acrescentar à vida. Não sei o que pensa, Lulu. Não pergunto, nem ele responde nada. Saio em silêncio e tomo o ônibus da volta. No ingresso do hotel, porém, está havendo uma estranha mostra de escultura de mármore, parece, ou giz. Assim, no lusco-fusco, não sei dizer. Um dos autores aderiu ao Fascio para poder expor, Marinetti ou Pisciotta, não sei bem. Isto que eles estão expondo é um prêmio que eles ganharam, apenas vejo as costas e o pescoço. A cabeça ainda não foi colocada. Sacudo a minha. O que pode me interessar uma estátua branca nessas horas, e ainda sem cabeça? Só posso lastimar que o autor tenha aderido ao Fascio. Que faria eu em condições análogas? Deixaria que fosse outro do grupo a fazê-lo, claro.

Pago a passagem no ônibus de volta, quem dirige é Kelly bêbado e barbudo. 8 coitos por noite, já imagina como deve estar a barba dele? Fiquei de voltar, Lulu. E voltarei com certeza, pois não seria eu se não mantivesse a palavra.

O ônibus fechou, e Lu e Kelly estavam lá, os dois rindo, cada um mais bêbado e cada um mais rindo.

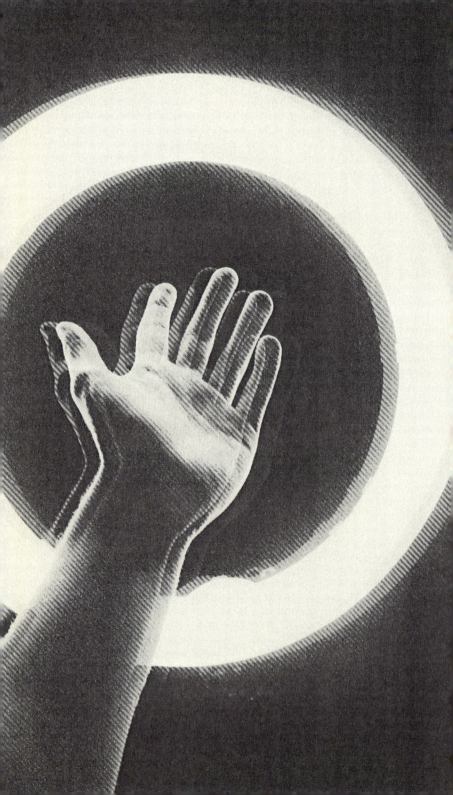

O elo perdido

É que nós fazemos os homens à nossa imagem e lhes atribuímos delicadezas e considerações que eles não têm. Antes da posse podem dá-lo a parecer, aflitos, sequiosos, desgarrados. Sob a ameaça da perda idem, por um espaço de tempo, só. Depois, tudo culmina num grande jardim da infância: porventura algum menino já dissertou sobre as virtudes não culinárias da mamãe? É só levar adiante com superficial bonacheirice, com alguns laivos de brincadeira, esquecer as profundidades. Um grande jantar, e ninguém para servir. Assim penso-me eu, na maré rompante da sentimentalidade.

Uma grande faxina na cozinha, tanta de não se dar conta que as panelas têm uma sujeira antiga, incrustada no fundo. Para que lamentar? Não iam ser usadas mesmo...

Sem título

~~⟨⟩~~

    Sabe, o que importa mesmo é o que a gente sente lá no fundo. Sabe, etc., o que importa é o que realmente se faz. Sabe, é o que fica, apesar de tudo. Sabe, as opiniões dos outros, sabe, os problemas de cada um, sabe, o tempo vai passando e... não é que tudo se torna relativo, não é isso, as coisas boas continuam boas, apenas, apenas com o enfoque perene da reavaliação.

    E o ego das pessoas vai perdendo energia, perdendo energia e chega vazante até o chão e aí rebrota num esforço vil, perde a respiração suave, embrutece o olhar, a mão, o sorriso. Refaz-se?

    Ou desfaz-se? Ou então mantém-se impoluto na alienação, mas ousando, isolado, em coisas irreais? O que adianta para os outros um ser assim, não é? Desfaz-se igualmente, ao contato do real. O encanto, sabe, o encanto é a grande chave, a linha que retém. Assim quando voltei à pensão-igreja ortodoxa onde havia deixado meu quarto cinza mobiliado de cortina e luz opaca da parede reflexa, ele estava ocupado. Um casal de alemães, com certeza neuróticos, com certeza loiros, com certeza de dedos lenhosos. Ocupavam o quarto em toda a dimensão e pareciam muito mais do que eram. Minha sacola inglesa, onde ficou? Vou à direção. Devolvem-me a sacola e devolvem-me também uma joia que não lembrava possuir. Um bracelete de continhas laranja. Aceito-a de volta. Pelos corredores tudo está mudado. Petrônio dança saltitando em suas barrigas redondas das pernas, a mãe sorri, esfuziante, olhar de reconhecimento. Não nos afeta.

Digo nós porque o ex-marido chegou.

Não lembro como foi a passagem daquela casa para o apto: cruzamentos entre veredas campestres, andaimes, moitas.

Não me lembro absolutamente de nada.

Como é que você vai embora e me deixa um recado assim:" tem carro vagão"?

Primeiro: é vago ou vagão? É tram ou trem? Todo trem passa por Berlim.

Um dia ainda vou lá. Die Ehe der Maria Braun. Tem alguma coisa a ver com a loira Solange ou o pássaro do Alberto ou mesmo o aniversário do Mário? Nix.

E depois "Velho professor atrás"?

De velho professor atrás só conheço Alex Koustac, com pinta de zen, zenda, zebris, como era mesmo aquele filme com a Melina Mercuri e o velho que havia descoberto o elixir de longa vida?

Da multa e da travessia por mar, sinceramente, não lembro nada.

Natureza

Ó, sinceramente... os religiosos nesta cidade moram nos únicos lugares ainda aprazíveis, nos únicos lugares aprazíveis desta cidade. Vou andando pelo caminho rente à cerca, segurando-me ao arame para não tropeçar. Meus olhos olham para cima. Meus pés tateiam pelas lajotas, procuram seu caminho sozinhos. Estou por demais ocupada em devorar as ameixas. Nunca vi tantas e dessa cor transparente e gelatinosa, gotas de âmbar aninhadas entre folhagens. Como se não bastassem os ciprestes, a noite que cai mansa e fresca sobre os sons nítidos do campo. Que paz, ser frade nestas redondezas. Se pudesse realmente esquecer o aguilhão perene com que a natureza nos brinda, bastar-me com os restolhos que sobram para o gasto, talvez também pudesse contemplar a obra dos séculos. Camadas de restolhos que se sobrepõem. Velhas heras que se agarram a restos vetustos, bálsamos desta inútil procura a que chamamos vida, boa noite. Vou chegar à casa aonde conduz o caminho. Nem abri a porta e já ouço o diabo. O cunhado que traiu a enteada e foi pego pela mulher em poses indecorosas e, o que é pior, nem se deu ao trabalho de justificar. Homem é assim mesmo: se quiser, é assim, caso contrário, vou-me. A gritaria, no caso, é entre as duas irmãs. Só falo: "Cristo, até que século os genitais humanos serão a mola desta panaceia, tão igual em todas as raças?" Paro aí. Se eu pensar no meu caso então, chego à conclusão que estou virando homem.

O asilo

Depois, diz Rado, é tão gostoso. Um dia havemos de juntar nossas missivas e, aí, conferir o desencanto. Só me responde, a defesa é o desperdício? E a velha ia fazendo sua manta amarela, fio após fio. Como uma aranha desgrenhada, tecendo seu pendão de seda, até que finalmente a morte veio e a levou com seu desgosto, com sua perna dura, com seu marido que fugiu de tanta prenda mortal. Não posso submeter-me a esta pasmaceira em que velhas jazem enterradas até o pescoço na lama quente de decomposição. Tengo ganas de vivir.

Uma gostou de meu parceiro e deu-lhe uma mordida na nuca. Trato é trato. Haverei de arrepender-me amargamente. Esse é o lema que norteia a normalidade. Mas se apenas houver uma chance calculada...

As velhinhas mexem as cabecinhas, todas como tartarugas. Espirram água fria. Observo, ando, sorrio, eterna desconhecida.

Rado está comigo. Ele se acha tão sabido.

Soubesse ele realmente que não o amo. Ich habe nur gern. Suaviza, descarrega, às vezes pode até substituir, por um pouquinho só. Sofre-se menos. Ademais, já está sendo preparado, que crueldade... Possivelmente ele também não quererá outra coisa. A substituição, device. A substitutive device. Que também tem suas normas, que que há? Já aprendi a esperar tanto, sinto um prazer sádico em deixar esticar o tempo até o impossível. Um mês, um ano, como nada, nada realmente. Por castigo e desencanto. Mas se for verdade que só se abandona o objeto incorporando-o, falta-me comê-lo. Tivesse-o comido antes, não estaria agora a voltar, teria-o (tê-lo-ia) digerido há muito tempo. Superado, ao mais. Identifiquei-me muito. Será recíproco? Pena que Freud possa até estar superado... uma inflexão de voz, e o mecanismo falha. O rato saiu de cena. Agora é a vez da tartaruga e do motorista penetra que se meteu na casa da Luisa, onde não foi chamado e neutralizou tudo e todos. Calma e bocejo. A cada um aquilo para o qual se preparou. O vento do acaso já começou a bater devagarinho, enleva-me sem elevar-me. Faltam quatro: Dóris / Louco/ Croce / Maria Braun. Mulher precisa de macheza primeiro, choro no final. Mas também se não der nada disso, tanto faz, o calo engrossa um pouquinho, a disfunção acelera-se e estamos aí, ó vida heroica na terra dos gabirus. Rado, você desloca sua problemática, eu só tenho uma premissa: a forma. Desloco minha ousadia, jogo meu selinho na espuma monótona do mar. Em nome daquela gotinha d'água que me deixaram, mas aí, a desejada era eu.

O concerto

Passei pela passarela provisória da Praça Santo Inácio e logo vi que aquilo não era nada seguro. Como é que as pessoas não se manifestam? Chegou a tal ponto o descaso pelo público que os "entes" que comandam os serviços permitem-se atentados como essa arapuca. Talvez seja um meio de dizimar OS DESCONTENTES. Parece feito de propósito, pois há duas paradas de metrô, separadas apenas pela passarela. Quem descer na 21 e quiser voltar pela 20, às vezes não resiste e pumba! Acaba caindo de lá de cima. Para ir ao concerto, disse-me a dona da pensão, tome o metrô até a 21. Agora, digo eu para os meus botões, como 21 se a entrada do teatro é bem na boca da 20? Sempre me foi custoso pensar que alguém estaria interessado em me ver desaparecer, a vida é o bem "insubstituível", não é? Atravesso a avenida, esgueirando-me aos atentados do trânsito. Chego ofegante à fila do teatro. As pessoas parecem alegres, ou será apenas a aura da noite que tudo mistifica? A espera é longa, mas eu devaneio, bordo e rebordo meus ourinhos, ainda vivo de seu reflexo, apesar da sina, apesar da idade. Comprei duas entradas. Chego à pensão e faço sinal a P. como quem diz, tenho aqui o bem bom, corre logo, aproveitemos. Mas P. não pode sair. Hoje é dia de ele atender os fregueses, como se alguma vez não tivesse sido o dia de ele atendê-los. Não sei por que ele faz tanta questão de minha vinda, se nunca pode sair. Basta-lhe que eu venha e que acene na porta. Não tem forças para ir mais além. Está tão bem engrenada a vida dele: a Dorotéia, a dona da pensão (Meu Deus, será que...) o dinheirinho no fim do mês, a comidinha pronta, as moças que suspiram, pois ele é bonito, apesar de não ter encanto. E que eu não entre. Parece ter medo que ultrapasse a soleira, que saia da escuridão que me envolve. Vai ver que tem mesmo, é o preço que ele paga por sua tranquilidade, afora o que cobram de mim, mas ele não sabe e não carece saber. Do que lhe adiantaria saber da dona da pensão, você tem uma imaginação... Imagina, a passarela! E não faria nada mesmo: "Dei minha palavra, quando o marido dela a deixou, que haveria de ficar lá. Honestidade é honestidade e, no fundo, eu gosto dela, ela só tem um defeito." Então, agora, eu, o que faço aqui envolta nesta bruma, pronta a gostar de quem gosta de mim? Esta foi a sina a que me submeti. Por medo da perda mais provável, abandonei a quem realmente amava (e que não retribuiria jamais o suficiente) e consenti em retribuir o amor que me fosse dado. Agora descubro, meu santo, que este amor não existe. O homem não sabe amar. Arde de paixão adolescente que logo se apaga na corrupção dos sentidos. Às vezes, quando continua adolescente pela vida afora, como P., por exemplo, apega-se a uma ilusão de amor gentil, enquanto alimenta a brasa, na cozinha, com a mãe-sexual que o adotou. Os outros trepam, simplesmente.

Pornografia

~ぐ⽊⽊⼁⼁~

Que vou fazer agora, aqui no escuro, com a entrada na mão, os olhos mareados e esta vontade física, louca, de trepar que me deram estes pensamentos? Afasto-me sorrindo. Novamente, de nada adianta chorar. Cada um segue o seu caminho limitado, margeado pelas leis que eles mesmos erigiram em nome da sociedade. Juro como vou ler Rousseau e vou ler Nietsche. Só ele tentou ficar acima, fora desta gosma, mas acabou envisgado e, no fim, louco. Posso me afastar, em nome de minha descoberta, mas vou ficar sozinha, como agora.

Fui a um trepeiro. Era uma escola, pois é mais barato. Havia uma fila de candidatas, em ordem de estatura decrescente. O professor está lá, e o macho. Eu, como consumidora, viria depois das alunas. O professor começou pela mais alta: apontou as tetas e o sexo. Logo vi que alguma coisa não ia bem, todas tinham pênis. É verdade que pouco desenvolvido, como o pênis de um moleque, sem pelos, sem franzidos, mas pênis, qual'é?

Embuti o desejo. Dói como uma ferida. Chega a

latejar na nuca, ouviu? Mas só dá de noite, felizmente.

Voltei para a casa do meu pai. Havia visita. Melhor, pensei, assim ninguém me fala nada. Aproveitei que a venda era aí perto e fui ver se achava as tesouras de tosar. Depósito de fitas, de botões, não é que me perdi naquele mundo e voltei à infância ignara, que beleza! A Matilde que nunca voltou a casar, também, não como eu, por desconvicção da lei dos machos-nenens, mas por falta de quem, só tem Sinésios, nesta aldeia. (Sinésio apareceu de noite sob a bruma, no quarto dos armários. Sente cheiro de sexo, o macho animal. Não dá, Sinésio, com você, não dá) Tildinha, minha querida, como você está branca. (Que aconteceu com seu queixo? Afrouxou-se a mola da dentada? o tempo é fogo.) Como vão as coisas? Sua mãe casou-se novamente? Morreu? E suas irmãs? Em Cubatão, coitadas! Os filhos minguadinhos, que mundo esquecido de tudo, meu.

Fafá

Vou para a zona árabe. As casas são as mesmas. As donas também. Untuosas gotas do harém de seus gordos minhocões. O que fazer? Quando falta a estilização, só sobra a seiva.

Porém, o Fafá foi pra cidade. Ouvi dizer que escreve, agora. Uma espécie de filósofo. O Fafá até que... Sinto uma mão furtiva no meio de minhas pernas. Fáfá! Sei que pelo código árabe é um gesto lícito, adéquo-me, já são outros tempos e, afinal, outra é minha idade. Fafá fala alemão. Beija-me o braço: Liebe, adieu. Vem cá Fafá, vamos conversar...

Vem cá Fafá, por que vai embora? Fafá até que... Agito a entrada do concerto. Ele sorri já longe. A parada é a 21, não esqueça, tá?

Sem ilusão

~~~

Mais ou menos assim.

Ainda vou descobrir de onde a retiraram aquela austeridade, os jesuítas.

De qualquer maneira, subi as escadas da sede, conjecturando sobre os estágios inegáveis da maturação. I – O fascínio dos uniformes, graus, graduações, salvas de prata, títulos, tabuletas, mesas de telefones, índice seguro de infantilidade comportamental. Os advogados também são uma corporação assim, tirante os militares e o clero, que não são nada. II – A fascinação do mistério, conjuração, lugares pecaminosos, antros, seitas, maçonarias, cripto alguma coisa, os antigos eleitos et cetera. Quanto a este segundo item, no que se refere aos conjuntos de pessoas, negativo, restam os lugares com o ranço que as pessoas deixam e com a pátina do tempo, o que era pequeno aumenta, o que era patente obscura-se, as sombras, as sombras se projetam altivas e matizam antigos usos, a fumaça, a hera, a aranha, um mundo despovoado onde o útil não existe mais. – Ensina-me, diz ele, que estou a querer aprender. Não sou professora particular e, além disso, cansa-me ensinar a quem já não sabe. Primeira condição: a experiência da solidão é o bilhete para a viagem à individualidade. A única coisa angustiante é que ela não prevê parceiros.

Início da velhice: não mais esperar do outro. Dispersou-se, no céu de multicoloridos balões, apenas um balão mais faceto. O outro, tão bem intencionado, a dona-de-casa furou com alfinete. A cada um o seu fim.

O exame tinha sido tão duro, nem a Mariana que é nativa não passou, credo, que horror. Só eu passei porque já fazia parte do corpus, que injustiça. Ainda me resta isso para passar a limpo. E o sexo, que foi sinônimo do amor. E aquela onda tão verde, tão alta como uma coluna de fim de mundo.

Retive a respiração com o ar no estômago um tempo interminável. Soltei o ar e abri os olhos: o mar estava plácido-zombeteiro. Do que zomba, porque zomba, será também uma preparação?

Creio que descobri o que era a onda. Mais um ídolo dos pés de barro. Agora só me resta perder três quilos e contra-atacar, sem ilusão, don't forget. Apenas esperança. E utilizar como meio a quem não serve a outra serventia. Mais ou menos é isso. Ou melhor, o mais, é isso. O menos é o que está por aí.

Achados

I
– Roubou, roubou, não é assim que acaba. Num país decente há um depósito de objetos reavidos, não ficam com a polícia, como aqui.
– Aqui também há, não creia, é que ninguém conhece. Parece até um museu, de tanto pó.

II
(A sala de teto alto, barracão pouco iluminado com duas longas prateleiras que o percorrem circularmente. Teias de aranha. Uma luz suja se abate sobre os metais de algumas mercadorias. Em grande número, os baldes de gelo. Alguns objetos de cristal, um porta-joias bonito de prata maciça, algumas caixas de talheres, copos e garrafas em profusão.
– Te confesso, da primeira vez que estive aqui, nem isso não tinha. Pegue este, ó, que bonito.
– Tenho um pouco de escrúpulos, não foi isso que me roubaram.

III

Na cozinha da casa espera-me R.F. No jardim da casa a cadelinha nova gane ao ser coberta e descoberta por um cachorro lulu, metade do seu tamanho. Será que a emprenhou? Enxoto o abusado. Na mesa da cozinha, o porta-joias maciço, facas e garfos e colheres amarrados em feixe. Sobre a tv, uma garrafona de whisky importado da mesma proveniência. R.F. ouve a música alta pelo rádio. A mãe agita-se, espana a garrafa, mexe o café com a colherinha nova, procura justificar meu atraso. Plumas e bolhas de saliva.

– Eu (falando sozinha e dirigindo-me à cozinha): o problema é de soberania...

Frases

Bem... é preciso resistir a seus impulsos. (Tenho feito outra coisa?) Para que haja coerência em nosso obrar, para que o(s) outro(s) continue não compreendendo o que também não compreenderia se não resistíssemos aos nossos impulsos. Mas há uma diferença fundamental que os outros não levam em conta: continua-se dono de si próprio. Sem querer, dono é bem a palavra. Temido, odiado e difamado, como um patrão. Mas no fundo, sem ele, só restariam mucosas ávidas de posse e um negro poço de respeito degradado.

– Ai, essas suas frases.

– Ai.

– Será que a relação amorosa é uma relação mesmo de poder?

– Alguém tem que capitular. Senão a paixão consome e a desgraça corta.

– Shakespeare falando: Let us not to the attraction of true minds ...

– Não zombe agora. Foi nesta expectativa que vivi.

– Para acreditar em true minds é preciso ser muito

jovem e bobinha, dear. Quem de nós não está repleto de defeitos, contrassensos...
— Caroços, bolores, ferrugens, incrustações.
— Isso aí.
— E eu então que tenho uma incrustação cavernosa, uma toca de morcegos, mas ao mesmo tempo é um mar de pedrinhas douradas...
Já não vou mais me desfazer.
— O desvio que é a minha história.
— E de quem não é...
— Um jardineiro de camisa vermelha plantando uma papoula na casa onde eu moro. E eu lhe disse: você aqui? E ele sorriu e disse que ia ficar o dia inteiro cuidando do jardim e nessa hora, que foi a mais plena e feliz destes últimos anos, eu acreditei que ia ficar mesmo, que fazia parte de meu dia, do que a vida afinal me devia, tão cheia de coisas que não pedi, de que não faço questão, que vou levando assim como a maré, num sobe e desce, ocupando o lugar do grito obscuro, depois, é claro, se tornam importantes, fazem falta, elas também são imprescindíveis, e acaba tudo virando paralama de caminhão. Essa é a nossa história.

A cadelinha

~◯~

O que será que significa o espelho? E eu segurando-o mal, insegura, no banquinho? E a mulher que tinha duas coisas grudadas no olho e o corpo todo cheio de raízes? A velhice? O câncer? O medo? O castigo? O mundo do inefável, os miasmas de quem não ousa? Aí que está, agora que quase estava, acabou não estando. Mas não esteve porque já não estava. Le jeu est fait. Pode haver coisa mais triste? Todos recuando para sua toca. Os que foram arrojados, imbecilizam-se. Os fracos morrem abandonados. O cabrito berra. A mesma coisa que P. segurando-me o ombro a caminho de uma praia, reduto de papéis e outros excrementos da civilização média. E, de vez em quando, um estrilo, para se sentir barbado. Afinal, eu entendo de balanços, que que há! A seringa que você enfiou na cadelinha a sangue frio, com ela correndo pelo chão, e ainda me disse: "Se ficar grávida, aperta-lhe o umbigo. Faz-se assim com todas, não sabia? Sai um líquido preto, pegajoso..." deixou-me a duvidar se você realmente seria veterinário. Primeiro, uma cadelinha tão nova, como poderia estar grávida se ainda gania como filhote. Segundo, o líquido preto, sinceramente...

E não adiantou muito para resolver minha perplexidade a folha que encontrei sua, não sei onde, que tinha um cesto desenhado, mas custei demais a descobrir que era um cesto, pois o arranjo de frutas que você fez parecia mais um barco com o mastro desarmado e embaixo escritas as coisas que você sentia, uma, não lembro mais, a outra, o nome do bairro onde eu moro. Voltando a P., o sublime e fruidor que se enfurece e esporra porque os lugares que escolhe são fodidos, como tudo é fodido no seu mundo, será que não percebe? Mas, no final das contas, deixe-me ficar com o que eu tenho, assim pensou e assinou, selo de especulação medíocre, por que só as mulheres terão que ser assim? Com maior razão deveriam ser os homens, que delas provêm. Dito e feito, e está na hora de se preocupar com calamidades outras, que não estas.

Agora, estou preocupada com o teor da carta que De Bona enviou a Roma. Ninguém contou os membros do círculo, mas, nos seus termos, aumentaram de janeiro para cá...

Sento-me ao lado dele, já sem segurança, porém. Não mais me sinto protegida. A ponta de desassossego que se insinuou em seu espírito atinge-me. O mal estar aumenta quando Ana, sempre Ana, entra e, em lugar do nosso lado, escolhe o aposto. – Já se vendeu, penso. Sua putinha barata, agora acabou com nosso equilíbrio. Por que deverei rebaixar-me a compactuar com esta corja de nadas? Delego.

Digo ou não digo?

No começo parecia uma igreja ortodoxa greco-bizantina de paredes gordas e fundamentas hexagonais. O sacerdote devia estar encravado com suas barbas brancas, velho, consumido. Entramos. Era cheio e barbeado e os olhos, brilhantes. Havia estudado na Índia e a centelha do interesse havia-se aceso logo em seu olhar. Imagino que assim deva ser. Uma chama que brilha, já não era sem tempo.

As ameixas ácidas de tão maduras já haviam caído de seu ninho. O espírito da conformidade já levantara voo do seu rochedo: se encontrava a caminho. Os olhos ainda tristes, mas o sorriso já sem esperanças.

Der Ehe, der Tod, pisca-me seu olho admirado, a mim que sempre quis que fosse de apaixonada admiração.

O papel

Assim, em casa de mamãe chega o correio. Pelo envelope logo vejo. As memórias do baixote apaixonado, que repensou na vida e me faz partícipe de seus devaneios. O material é comovente, mas minha disposição, arrasadora.

De nada adiantam os méritos. Posso até conceder-lhe a sinceridade, mas não me toca sua fotografia, nem a de sua mulher, nem a de suas filhas. Nem me tocam os poemas e as letras tresloucadas. Lixo. Em compensação, a simples carta de um desconhecido japonês, encontrado durante poucas horas no café Viareggio, que se lembrou de enviar-me o itinerário da viagem, isso me comove. De quem te ama você exige as entranhas, de quem não, basta um pensamento. É que os homens são covardes perante a própria consciência, isso é que não perdoo, o menino estouvado que requer o castigo da mulher que o aninha, para sacudir das asas o peso da própria liberdade. A ordem burguesa sufoca, menino, especialmente quando é restabelecida. Nada a ver com o equilíbrio final da tragédia grega, que faz os homens maiores, portanto mais infelizes e sós. A ordem me chama: ocupar o lugar entre os convidados que se dirigem à fazenda chuvosa em vasta comitiva. Também vou, mas é para fugir logo em seguida. Viajo, parto, à procura de um passado que ainda deve existir no presente. Viajamos pela Alemanha Oriental, rumo à Suécia. Sinto-me olhada por um Mino de Tweed. Não retribuo esse olhar. Só que, no momento em que sobem uma cadeira de rodas com a velha senhora de pés enfaixados, reconsidero. A velhice, a morte, você entende? Descemos na Suécia. – Almocemos juntos – ou melhor: – agora vamos almoçar num restaurante que eu conheço – diz ele. Como se fosse algo infalível, irrecusável. Ah, a pretensão infantil peninsular do tiro e queda. Você fica tão desnorteado quando lhe digo que não, quase chega a me dar pena. É aí que não entendo: qual o papel da garçonete que entrou no café na hora em que eu passei?

Serpentinas

Venha, sente-se aqui, dê uma espiada...

Riva estava doce na sua receptividade. Parecia sincera. Movida por alguma admiração consistente, fazia questão de obsequiar-me com partes de sua experiência. Enquanto se sentava, passava os olhos pelo cômodo. Riva estava bem de vida: dois filhos, um marido crente, ela própria, apesar das viagens, trazia dinheiro para casa. Não é que não fosse casa de quem está bem, mas a formidável mistura de todas as coisas lembrava a Polônia, as casas socialistas em que nunca há lugar suficiente para se colocar o que se tem e sempre se tem muito para que, ao menos a memória, seja um bem permanente, uma propriedade particular.

Sentei-me ao lado dela no sofá e começamos a falar dos mares do sul. O próprio nome sugere um mundo de sargaços e algas quentes, o paraíso de P.J., que Deus o tenha. No caso, porém não era bem assim. Tratava-se, explicava-me Riva, de adidos comerciais de uma empresa Y que se apresentam a uma agência de um país X e, já no cais, são abordados por um intermediário que os avalia, os identifica-encarna

neles, gruda na sua alma, torna-se um saprófito, parasita vivendo de seu calor, de seu sangue, um urso pardo, um carrapato. Tinha uma fotografia na mão onde estava retratado este estranho hábito: o hospedeiro, um homão de chapéu boina, achatada atrás, as calças largas seguras por ganchos-presilhas e as duas mãos espalmadas nas costas dos compadres. "É isso mesmo, respondi eu, que nunca havia visto nada de semelhante. – O saprófito".

Quando fui ao banheiro, estranhei que lá guardassem a bicicleta. Hábito pouco familiar, mas na Europa se entende, pois há geada lá fora.

Os filhos entraram com uma amiga, o diálogo desfez-se, entrou um outro visitante que por qualquer motivo pediu um instante para falar com Riva. Atravesso a sala, procurando encontrar motivos outros de interesse que justifiquem minha lenta despedida, e na cadeira encontro o marido de Riva, lendo o jornal aberto de par a par, de óculos de aro e com quatro brincos: nos lobos, no nariz, no queixo. Já Arlete, ao passar, tinha reparado a estranheza do fato com uma frase jocosa de modo que me impulsionou para exclamar com familiaridade: "Isso lhe dá uma pinta, Jacó!"

Neste momento, abre-se a porta da saleta e Riva aparece com o visitante. Olha-me, o olhar franzido por entre as lentes, dirige-se à porta acompanhando o visitante e profere à distância, de maneira que eu ouça nitidamente. "Sim, mas a pinta, a pinta é demais." Como pude dizer isso? Não adianta sorrir, não adianta sofisticar. Foi a pinta e não tem retorno.

151

Raízes

Estava com Daniela em villeggiatura à beira do canal em cujas margens crescem plantas de caquis e a terra é revolvida por pás à moda antiga, e o cheiro forte e o barulho da correnteza agradam os sentidos. Daniela estava me dizendo como ela escolhe os homens. Coloca o homem à sua frente em posição de vantagem. Não lhe resta senão submeter-se e entregar-se pelo breve lapso de tempo em que avalia a situação e, conforme o caso, se prepara para se evadir.

– Os homens não são assim, diz Daniela, "nós é que teimamos em fazê-los à nossa imagem. Eles não ligam uma coisa com outra."

Desta vez, porém, o galã escolhido disse-lhe uma frase que resume a Daniela: "Você se gosta muito."

Com isso fiquei pensando se não está aí a raiz de tanto suceder. A vontade é sempre unilateral e ela consegue feitos justamente quando não é conflitada pela vontade de outrem. É só ter paciência e ... estratégia. O momento, cedo ou tarde, acontece. Só não acontece aos que não têm paciência, aos que não têm vontade.

Eu, que já perdi a vontade, tenho uma paciência a toda prova. Já no tengo ganas, dir-me-ia o chileno, ja no tengo ilusiones, és verdad.

Mas a curiosidade resiste, a curiosidade pelas coisas postas, a curiosidade pelas coisas que tiveram vida dentro de si e agora são simulacros ironicamente sagrados, se P.J. não os tivesse por demais esvaziado de graça.

A velha Gertrudes, curva sobre seus anos, passeia entre gatos e margaridas.

– Sol de junho é gripe na certa, dona Gertrudes, seu Macraio, bom dia.

O preposto ficou de me apanhar no aeroporto. Eu desceria e faria as compras para a festa: beringela, queijos e cebolas.

Onde é que vou achar esta mercadoria? Não conheço a cidade e, o que é pior, apanhei a chave errada. Deixei a minha na casa da Gertrudes e carreguei a dela pretinha, gasta. Desço no descampado.

Fantasmas

O carro sobe lentamente e encosta-se à guia. "Você ainda não sabe guiar", digo a Fiona, que está ao volante. Sei. Seus braços maternos envolvem com doçura. Sei. Nem retiro meus livros do porta-malas. Volto logo. Deixo-a e desço a ladeira correndo, não propriamente em consideração a ela, mas por uma ansiedade interna que tenta me lembrar algo de que esqueci. Desço os degraus da vila, a umidade me impregna os sentidos, gélida, mas familiar. Mal abro a porta, lembro. Era hoje, o aniversário. Não sei por que para certas pessoas que normalmente não ligam para as datas, certos números de repente adquirem um valor simbólico: 10 ANOS.

Os olhos que me fitam são gelados e familiares. Não é que me surpreendam, apenas sinto a culpa de não ter lembrado a tempo. A lasanha estaria no forno, as aparências estariam guardadas. Chegando assim, de repente, o que vou justificar? Uma coisa, porém, é certa. Das pessoas que foram convidadas não conheço absolutamente ninguém. A rigor, essas donas-lantejoulas que se deslocam da sala pra cozinha e da cozinha pra sala carregando seus pratos, onde, ó horror, vejo o purê de tomates ex-lata misturado, sem disfarce, ao arroz-papa do domingo, alguns raminhos de alecrim no cabrito, também do domingo, e falam e comem bem devagarinho, a comida embolada na bochecha, sem querer descer. Mas não sinto pena, não. Como se o que se passa não me dissesse respeito, como a reunião dos ex-estudantes, de onde eu vinha.

Ao chegar me ofereceram uma representação almejadíssima, mas recusei-a in limine, pois me deu a clara sensação de que não havia ninguém mais, na minha categoria, e que se sujeitavam a me aceitar para tapar um buraco imprevisto, e que, com seu sorriso, não me consideravam das deles, mas apenas acidentalmente caída naquele meio. Tudo se desenrolara tão estranhamente. Fui esnobada por um trotskista nunca visto, fui abraçada por um João também não sei das quantas, mas em geral, gente muito imatura para mim, estou noutra, minha gente, cresci para fora. Não caibo mais na casa, na sala, na cozinha. Não renego a crença como aquele mexicano de adoção que justificou seu passado de esquerda como algo visceral nos jovens. Não renego nada. Apenas agora cresci para fora, não caibo mais, não dá mais, para mim. Agora deslizo no lusco-fusco da imaginação onde se agitam fantasmas diáfanos de memória herética. São os meus fantasmas. A estes reconheço, sem os conhecer.

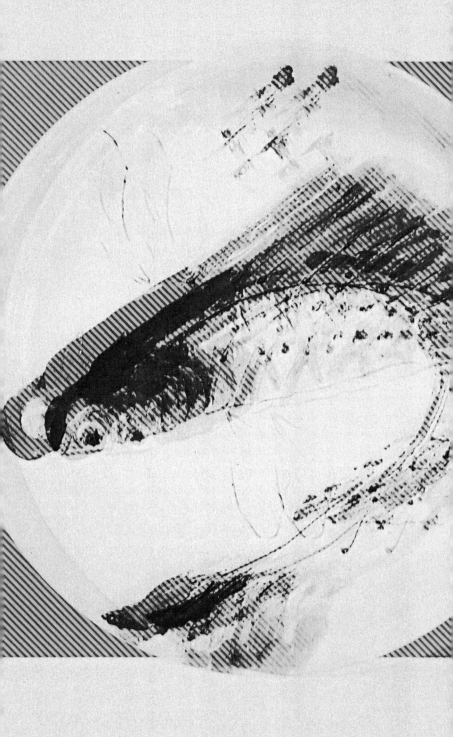

Elegia final

As paredes das casas da praça são cor-de-rosa e há sempre uma escadaria que separa o acesso de uma às outras. Como era antigamente na Igreja de São Gonçalo, quando ainda acreditava em Deus e na hierarquia entre os homens.

Numa escadaria da praça vendem sandálias, num banquinho forrado de papel de embrulho amarelo. Minha vontade seria a de sentar-me no degrau e puxar conversa com o velho que vende loto. Quem sabe ele lembra de antigamente?

No entanto, enfio meu pé numa sandália de couro e amarro as duas fitas no perônio. Não dá nem tempo de conversar com Ligia que se aproximou do Banco com uma turma de prosélitas. A campainha tocou e T., apesar da chuva que o acompanha, já deve estar esperando no escritório.

Por onde anda T. sempre há chuva. Não é uma viração primaveril ou brisa de outros tempos. É chuva mesmo, de encharcar e deixar o passarinho piando de desgosto na copa verde-amarela da figueira.

O velho pai chama-o de partisan, mas sei eu o que

quer dizer com isso. Entro no Banco atrás de Ligia.

Sinto-me um pouco constrangida porque todos os banheiros estão cheios de peixe. Em cima da pia, transbordando, uma verdadeira hecatombe. Ou serei eu, que carrego os peixes comigo? Por onde vou eu, vão os peixes.

Já está a me parecer uma perseguição.

Elegia do peixe:

Peixe, teu cheiro é sexo.

Peixe, tua pele-escama escapa-me das mãos.

E deixa-me uma estria brilhante como senda e como senha.

Peixe, porém, tu estás morto.

Tua cor não me engana.

Nem o babadouro que te põem no colo: Peixe fresco.

Lembro-me de uma barbatana: o início de minha tutela.

O ciclo da vida fecha-se e a gente se pergunta que sentido teve

aquilo de acontecer comigo e não com outro?

Peixe, tens que te superar

para que obtenhas significado universal e

com isso

resgates minha insignificância.

Peixe: atiro-te ao céu zodiacal.

Peixe, retiro Jonas de teu ventre, multiplico-te como os pães do evangelho.

Torno-te nada menos que o embrião do homem, pois foi de ti que nascemos todos, Peixe.

Esta obra foi composta em Bookman Old Style e Robotto
e impressa em papel Pólen 90 g/m²
para C·Design Digital em fevereiro de 2021